ベリーズ文庫

「絶対結婚しない」と言った天才脳外科医から溺愛プロポーズなんてありえません！

滝井みらん

STARTS
スターツ出版株式会社

目次

「絶対結婚しない」と言った天才脳外科医から
溺愛プロポーズなんてありえません！

「絶対結婚しない」と言った天才脳外科医から
溺愛プロポーズなんてありえません！

「それで、彼が海人さんの親友の岡本司さん。海人さんの高校の同級生でね、脳外科医をしているの……って、雪聞いてる？」

高校時代からの親友の琴音に目の前にいる男性を紹介され、私はいまだかつてないほど驚いていた。

やっぱり見間違いじゃなかった。か、彼が目の前にいる⁉

今日は琴音の結婚を祝うパーティーに出席していた。場所は赤坂の有名ホテル内にある著名人御用達の高級レストラン。二年後まで予約が埋まっているという人気店だけど、琴音の旦那さまの一之瀬海人さんが大企業の御曹司ということもあって、レストランは貸し切りだった。

一之瀬夫婦の親しい友人が集まって立食形式で食事をしているのだが、海人さんの友人たちもどこぞの御曹司なのか、皆品がある。新婦側の友人は私を含め皆庶民なので、若干緊張していた。

まあ、私はそれとはまた別の理由で頭がパニックになっていたのだけれど……。

「あっ、うん。聞いてる」

髪をアップにしてアイボリーのミモレ丈のドレスを着ている琴音に返事をしながらも、目の前にいる彼から目が離せなかった。

私は朝井雪、二十八歳。身長は百六十センチで細身。黒髪ロングのストレートで、名前も雪なので、子供の頃は『雪女』と男子にからかわれた。独身で彼氏もいない。都内の出版社でライトノベルの編集者をしている。

こんな偶然あるんだ？　これは私の妄想じゃないよね？

レストランの入り口で彼の姿を見た時から気になっていた。

モデルのような百八十センチ超えの長身。毛先がカールしたウルフカットの栗色の髪に、見る者を惹きつけてやまない琥珀色の双眸。現在三十一歳の彼は、最後に見た時よりも男の色香が増していた。

再会した嬉しさからか、私の胸がトクントクンと高鳴る。

ずっと好きだった岡本先輩。社会人になっても忘れられずにいた。

あれは私が大学一年の時——。

『お前、男ならもっと飲めよ』

ベロンベロンに酔った金髪の先輩が、私の肩に手をかけて絡んでくる。

一応女なんですが……と、心の中で訂正しつつ、『すみません。飲めないので』と小声で断った。

どうしてこんなことになったのだろう。

暗い気分を変えようと参加した観望会。天文部のポスターの写真に魅せられ、なんとなく気が向いて学生会館の屋上にふらっと足を運んだ。

【五月の観望会―上限の月】と書かれたポスターに写っていた月がとても綺麗で、それでいてミステリアスな雰囲気があって、自分の目でクレーターとか見られたら素敵だなと思ったのだ。

月だけ見て帰るはずが、部の先輩たちに強引に居酒屋に連行された。

二十人くらいの団体だったからすきを見て逃げようとしたのだけれど、私がとろすぎたのかいつの間にか壁際に追いやられ、酒癖の悪い先輩に捕まってしまった。

私のことは放っておいてほしいのに……！

一緒に天文部に入った琴音は今闘病中でひとりで参加したから、助けてくれそうな人はいない。

『はあ？　居酒屋に来たら普通ビールだろうが。ん……お前、女みたいにいい匂いするな。本当に女だったりして』

先輩が悪ノリして私の胸に手を伸ばしてきて、思わず『キャッ！』と声をあげたら、誰かが割って入り、その金髪の先輩の手を掴(つか)んだ。

『馬鹿。女の子の胸触るなよ』

その低い美声の方に目をやれば、超絶美形が金髪の先輩を睨(にら)みつけている。

世の女性たちを魅了する切れ長二重の目に、艶(つや)のある栗色の髪。

ああ……彼は確か四年の岡本先輩。大学で一番のモテ男なので、新入生の私でも知っている。しかも彼は、都内でも有名な『岡本総合病院』の御曹司らしい。

観望会の時もひとりでポツンと夜空を眺めていた私に、たまたま近くで望遠鏡を覗(のぞ)き込んでいた彼が『新入生、これ見てみろよ』と声をかけて月を見せてくれた。

最初はその俺様な態度にビクビクしていたのだけれど、半ば強引に望遠鏡の前に立たされて覗き込んでみると、上弦の月が綺麗に見えてとても感動した。

『え？　だって髪短いし、胸だってないし、メガネで化粧もしてないし、こんなの女じゃ……!?』

ひどい言われようだけど、今の私を見たら皆同じように思うだろう。

『お前、酔いすぎ。外で頭冷やしてこい』

私に目を向けながら文句をたれる金髪の先輩の口を岡本先輩が手で塞いで、近くにいた別の先輩に引き渡す。

『悪かったな。あいつには後できつく注意しておく』

金髪の先輩の上司のように岡本先輩が謝ってきて、小さく頭を振った。

『いえ、いいんです。女に見えないのは本当ですし』

親友の琴音が白血病という診断を受けたのは一カ月前のこと。彼女を励ますため、大学の講義が終わると毎日お見舞いに行き、自分のアパートに帰るのは夜。それから課題をやって、また朝が来て大学へ行って……と慌ただしい毎日が続き、自分のことは後回しになっていた。当然、お洒落をする余裕なんてない。そんな状態だったから、他人にどう見えるかなんて気にしなかった。

せめて髪が長ければまだ女に見えただろう。でも、皆に綺麗だと褒められ腰まであった髪は、先月バッサリ切って琴音のウィッグにしてもらったから今は見る影もない。

自虐的に返す私を岡本先輩は真っ直ぐに見つめてくる。

『俺には女にしか見えないがな』

フッと笑みを浮かべる彼がとても眩しくて、その時トクンと心臓の音が跳ねたのだった——。

会うのは十年ぶりくらいだろうか。

私は文学部で、岡本先輩は医学部の三つ上。それだけでも認識してもらえるか怪しいのに、私は年に数回しか顔を出さない幽霊部員だったから、彼は私のことなどほとんど覚えていないに違いない。それに今は私も髪が伸び、メガネからコンタクトにしたので、外見もだいぶ変わっている。

岡本先輩は医学部卒業後はドイツに行き、現地の病院で働いているというような噂(うわさ)を耳にしたけど、まさか帰国していたなんて……。

「はじめまして。岡本です」

ああ、やっぱり覚えていないか。

女の子のハートを鷲掴(わしづか)みしそうな穏やかな笑顔で挨拶されたけど、チクッと胸が痛んだ。

「……はじめまして。朝井雪といいます」

大学の後輩とは言えなくて、つい初対面のフリをして挨拶してしまう。

思いがけない再会に胸が躍るが、なにを話せばいいのか。私は決して話し上手ではないし、はじめましてと挨拶した手前、大学の話は口にできない。

そんな私に、彼は年上だけあってスマートに話題を振る。

「お仕事はなにをされているんですか？」

「えっ、あの……編集者です」

つっかえながらなんとかそう答えたものの、先輩の質問が続く。

「それはすごいですね。お仕事大変なんじゃないですか？」

「はい、大変です」

俺様口調ではなく敬語で話す先輩に違和感があって、余計緊張してしまう。

なにも考えずにそう答えるが、また質問が飛んでくる。

「やっぱり本が好きなの？」

「はい、好きです」

もうテンパっていたから、なにを聞かれたかわからない。

一瞬間があって、岡本先輩の目がキラリと光った。

「今日のドレス、似合ってるな」

その口調、私が知ってる先輩だ。

「はい、似合ってます……あれ？」

答えてからなにかおかしいと気づいたが、そんな私を見て彼がクスッと笑う。

「君、おもしろいね」

「あっ、ごめんなさい。全然似合ってないです」

岡本先輩の質問を頭の中でリピートして慌てて言い直せば、彼が甘い目で微笑(ほほえ)んだ。

「いや、似合ってるよ」

さっき褒められた時よりも声の色気が増していて、思わず顔がカーッと熱くなる。

今日のパーティーのために選んだのは、お気に入りの水色のドレス。

でも、本気にしてはいけない。社交辞令で褒めてくれただけだ。

どう返していいかわからなくて固まっていたら、先輩が私が手に持っていた皿を指差した。

「さっきから全然食べていないようだが……。グラタン、もうすっかり冷めたんじゃないか？」

グラタンを皿に取ったものの、岡本先輩に気を取られてしまって、ずっと手をつけずにいた。

「あっ、大丈夫です――」

岡本先輩との話が終わってから食べようと思ってそう答えたら、彼が熱々のグラタンをビュッフェ台の前にいたスタッフから受け取る。

「ほら、交換しよう」

岡本先輩が私に皿を差し出してきて、断るのも悪いと思って交換すると、彼がジーッと私を見つめてくる。

これは目の前で食べなきゃいけない雰囲気。こういう世話好きなところ、変わってないな。

「あ、ありがとうございます。いただきます」

恐縮しながら礼を言ってグラタンを口にするが、全然味がしない。恐らく緊張で味覚が麻痺(まひ)しているせいだろう。

「美味しいだろ？」

彼に聞かれて味がしないとも言えず、「はい」と顔を引きつらせながら笑顔を作って答える。

どうしよう。彼の前でどう振る舞っていいのかわからない。

「お前、雪ちゃんを口説いてないか？」

不意にスッと現れたサラリとした黒髪の男性は、琴音の旦那さまの海人さん。彼は琴音の幼馴染で、何度か三人で食事をしたことがある。ハンサムで包容力があって、とても優しい人だ。

「いや、さすがにこんな純情そうな子に手は出せない」

岡本先輩のそのコメントを聞いて、がっかりせずにはいられなかった。

完全に子供扱い。女として見られていないのだろう。

ふたりの会話に入っていけず黙っていたら、海人さんがそんな私をチラリと見て、岡本先輩に視線を戻した。

「知ってたか？　雪ちゃんも、琴音とお前と大学同じなんだ」

か、海人さん、なにバラしてるんですか。

スプーンを持ったままフリーズしていたら、岡本先輩の視線を感じた。

「へえ、そうなんだ？　こんな美人がいれば気づきそうなものなのに。学部はやっぱり文学部とか？」

どこか楽しげに光るその目を直視できず、少し俯き加減に返す。

「……はい。そうです」

今さら知ってるとは言えなくて、後ろめたさを感じた。

「文学部だと医学部とは校舎が離れてるから会ってないか。どこかで会ったような気もしないわけでもないんだがな」

そのテノール調の甘い声に誘われるように、つい彼の顔を見てしまう。美しい琥珀色の瞳に囚われ、魔法でもかけられたように目を逸らせない。

ああ。この目は出会った時と変わらない。ひと目見ただけで、魅了される。

心臓がバクバクしてきて、息の吸い方もわからなくなりそうな私に、海人さんが警告してきた。

「雪ちゃん、気をつけて。女の子はみんな司に見つめられると、恋に落ちちゃうんだ」

「もうとっくに落ちてます」

心の中で言ったはずが、実際に声に出していたようで、岡本先輩も海人さんも一瞬黙り込む。その反応を見て、ようやく心の声を漏らしていたと気づいた。

ひとり青ざめていたら、岡本先輩がハハッと声をあげて笑った。

「もっと自分を大切にした方がいい。俺は悪い男だから」

自虐的な発言だったけど、私には再度恋愛対象外だと言われているような気がした。

せっかく再会したのに、相手にもされないなんて……。でも、それで落ち込んでいたら、なにも変わらない。

今、この瞬間が自分の気持ちを伝える最後のチャンスかも……。もう二度と彼には会えないかもしれないんだから。

そう思ったら、黙っていられなくなった。

「あの……ペットでもいいからそばに置いてくれませんか⁉」

あっさり玉砕するかもしれない。

それでもここで引いて一生後悔するなんて嫌だ！

思い切ってお願いすると、先輩が呆気に取られた顔をする。

「ペット……？」

「あ、あなたのそばにいられるなら、なんでもいいです！」

勢いに任せて言えば、隣にいた琴音がギョッとした顔で私を注意する。

「ちょっ……雪！」

周囲が騒然とする中、岡本先輩は楽しげで、それでいて優しい眼差しで私に問う。

「どうして俺がいいわけ？　初対面なのに」

「それは……その……」

大学で会っていて、その頃からずっと好きだったなんて今さら言えない。

ああ〜、なにかいい言い訳はないの？

目に映るのは、誰よりも秀麗な彼の顔。

「顔が好みなんです。今まで会った誰よりも素敵だから」

岡本先輩の目を見つめ、思いついた言葉をそのまま伝えると、彼がフッと微笑した。

「顔ね。そんなはっきり言われたのは初めてだ。やっぱりおもしろいな、君は」


それから月日が流れて一年後――。

ブルブルとスマホのアラームが鳴って、パッと目を開けた私はアラームを解除した。

明け方まで抱かれていたせいか、身体が怠(だる)い。まだ寝ていたいけど、今日は仕事がある。

私の腰に巻きつけられている逞(たくま)しい腕をそっと外そうとしたら、彼……岡本司がさらに強く抱きしめてきた。

今いるのは、彼のマンション。

「起きるの早くないか？」

司さんに首筋にキスをされ、思わず声が出た。

「あんっ……ダメ。今日、企画会議があるの。司さんだって今日は仕事でしょう？」

「俺は今日午後からだから。リモートで参加すればいいじゃないか」

彼が私の耳朶(みみたぶ)を甘噛(あまが)みして胸を揉(も)み上げてくる。だが、ここで誘惑に負けてはいけない。

「ダメ……。来月の新刊が届くの。い、行かなきゃ」

司さんの顔に手を押しつけ頑なに拒んだものだから、彼が楽しげに笑った。

「手強いな。全力で誘惑しても拒否されるんだから。俺もまだまだだな」

その色気ダダ漏れの顔で言わないでほしい。

「こっちも必死で抵抗してるの。あっ、時間ない！」

スマホを見ると、午前八時四十分と表示されていて慌てる。

「今夜もうち来るか？」

「今夜は無理。琴音と会うし、着替えもないから」

彼の家に泊まる時は、あらかじめお泊まりセットを用意する。

泊まるといってもいつも週末だけ。平日だと私が仕事とプライベートの切り替えができないからだ。それに、頻繁に会って、彼に飽きられたくはない。

「着替えくらいうちに置いておけばいいものを」

「邪魔になるでしょう？」

着替えだけじゃない。化粧品も歯ブラシも彼の家には置かない。そう決めている。

それはいつ別れを切り出されるかわからないという不安があるし、図々しい女になりたくないから。一年も関係が続いているのが不思議なくらいだ。

琴音の結婚祝いのパーティーでの再会から一週間後、司さんからメッセージが来た。

【よかったらお茶でもする？】

司さんはモテるから気まぐれで誘ってくれたのはわかってはいたが、私は本当に跳び上がるくらい喜んだ。だって、パーティーで連絡先を交換したものの、彼からずっと音沙汰はなかったので、そのまま忘れ去られてしまったかと思っていたのだ。司さんはお医者さんで忙しいし、あまりしつこくして面倒に思われたくなかったから、私から連絡するのは遠慮していた。

【お茶したいです】

長くてもいけない、素っ気なくてもいけない……と一時間ほど悩みに悩んだ末にそう返事を送ると、司さんからまたメッセージが来て、彼の病院のカフェで会うことになった。お医者さんだからいつ呼び出されるかわからなかったのだろう。

ドキドキしながら病院に行ったけど、約束の時間になっても彼は現れず、落胆しつつもすぐに帰るのは嫌でそのままカフェにいた。せめてひと目でも姿を見られればと思ったのだ。

何時間いたのかよく覚えていないが、カフェの閉店間際に司さんが息せき切って現れた。急患の手術で抜けられなかったらしい。

また別の日に会う約束をしてくれたけど、無事に会えても途中で彼が病院に呼び出されて、新たに予定を立ててもドタキャンになって……。そんなことが何回か続いて申し訳なく思った彼が、自宅マンションに呼んでくれて、そこからデートを重ねて……今は男女の仲に。

付き合おうと彼に言われたわけではない。なんとなく流れでこういう関係になっている感じだ。

過去に司さんと交際していた女性は一カ月も持たなかったと海人さんから聞いている。

司さんは女性に執着しない。しかも、私は彼が付き合っていた女性とはかなりタイプが違うらしい。

まあ大学時代に彼が一緒にいた女性は皆美人で、大人な感じだった。たとえるならバラのように華やかで、ミスコンの最終候補に選ばれるような人。しかも日替わりで女性が違っていた。

私は人前ではなるべく明るく振る舞っているけれど、どんなに頑張っても彼女たちのような華やかさはない。

私が大学の天文部員だったことは、司さんにずっと言えないまま。彼は私のことなど覚えていないだろうし、今さら打ち明けても無意味だと思ったのだ。

一年も関係が続いているのは、彼にとって私は珍味のようなものだからかもしれない。でも、そろそろ飽きて『終わりにしよう』と彼に告げられるのではと、日々思っている。

今会ってくれているのだって、私が親友の奥さんの友達だからだ。お情けだってわかってる。

それに、彼は都内の大病院の御曹司で、自身も脳外科医。一方、私は一般家庭の娘で、編集者。自分の仕事にプライドは持っているけれど、彼と全然釣り合っていない。

それでもどうしても彼のそばにいたかった。

中学の時にずっと好きだった幼馴染が友達の彼になってしまったという苦い経験もあって、なりふり構わずに司さんに告白した。まさか彼とベッドを共にするようになるなんて考えてもいなかったけど。

いつまでここに通えるだろう。来月……いいや、明日だって彼と一緒にいられる保証はない。彼の興味が他の女性に移れば、私はいらなくなる。

「別に邪魔には思わない。ホント頑固だな」

ひとりでいろいろ考えていたら、司さんはやれやれといった様子で軽く溜め息をつく。

「もう本当に行かなきゃ」とベッドを出ようとしたら、彼に抱き寄せられた。

「キャッ……んん！」

彼に口を塞がれ、目を大きく見開く。

甘いキス――。

ずっとこのままでいたくなる。

「今週も仕事頑張れよ」

司さんはキスをやめて私の頬を撫でると、優しく微笑んだ。

「うん。行ってくる」

なんとも離れがたいが、仕事はサボれない。

床に落ちていた服を拾い集めて寝室を出ると、バスルームで身支度を整え、彼のマンションを出た。

小走りで駅に向かい、電車に乗って大手町にある『ＲＲ出版』へ――。

七月に入ったせいか、まだ朝なのに日差しが強くて日傘がないと日焼けしそうだ。なるべく日陰を歩いたが、会社に着くとドッと汗が出た。

ハンカチで汗を拭いながらオフィスに入り、ロッカーにお泊まりグッズを詰め込んでいると、後輩がやってきた。

長身でセンター分けのサラサラヘアに黒縁メガネの彼は、私の後輩の工藤蒼汰、二十六歳。イケメンの彼は自称アニオタで、私と好きな漫画の趣味も合う。年下だけど仕事はできるし、後輩というよりは頼れる同僚だ。

「おはようございます、朝井さん。今日は荷物多くないですか？」

目敏く私の荷物を見てそんなコメントをされたので、動揺を隠しながらさり気なく答える。

「おはよう。昨日友達の家に泊まったから」

「僕はてっきり彼氏のとこに泊まったのかと？」

その言葉にロッカーを閉めようとした手が一瞬止まったが、証拠を隠すようにバタンと閉めて笑った。

「ハハハッ、なに言ってるの？　彼氏がいたら毎日残業なんてしないよ」

「そうですか？　左手首についてますよ。キスマーク」

ニヤリとして指摘する工藤くんの言葉に瞳が凍る。

そう。司さんのマンションに泊まると、必ず左手首にキスマークをつけられる。

彼にとっては一種のイタズラ。でも、私にとってはお守りのようなもの。

これで次彼に会うまでお仕事頑張ろうって思える。

腕時計で隠せる位置だからなんの問題もなかったのだけれど、今朝は急いでいて腕時計を彼のマンションに置いてきてしまった。

「こ、これは違うんだよ。手すりに手をぶつけちゃって」

左手を後ろに隠しながら咄嗟にそんな言い訳をすると、工藤くんに「はいはい、そういうことにしておきましょう」と軽く流された。

これは絶対に信じてないな。

工藤くんに彼氏がいるとは言っていない。司さんは彼氏……ではないし、彼との関係を説明すればいろいろつっこまれる気がするからだ。あまり自慢できるような関係ではないから、できれば人に知られたくない。

私は司さんにとってペットみたいな存在だもの。彼が私なんかに本気になるわけないのだから——。

「ほら、朝井さん、会議始まりますよ」

工藤くんがスマホを見て私の肩をポンと叩く。

「あっ、うん」と返事をして、ノートパソコンを会議室に持ち込み、同じ編集部の編集者四名と会議。

手首のキスマークは、カバンに入っていたシュシュをつけて隠した。

「来年、RRR文庫は創刊五周年を迎えますが、五周年企画としてなにかいい案はありますか？」

私の一年先輩の編集長がみんなの意見を聞けば、まず工藤くんが答える。

「看板作家先生のサイン会とか」

「数カ月にわたってサイン本をプレゼントするなんてどうかな？」

私もそんな案を出すと、他の編集者も次々に発言する。

「作家先生にコメントもらうとか」

「限定特典カードをつけるのは？」

結局、サイン会企画を進める方向で調整することに。

会議が終わると、編集長に呼び止められた。

「朝井さん、工藤くん、前に話したけど、これ招待状」

「あっ、来月式挙げるんでしたね。改めておめでとうございます！」

招待状を受け取りながら私がお祝いの言葉を言えば、工藤くんも「おめでとうございます。礼服新調しないとな」と笑顔で返す。

会議室を出て自席に着くと、もらった招待状をしばし眺めた。

結婚かあ。最近、同僚がみんな結婚していく。友達だってほとんどは既婚者か彼氏持ち。

私は二十九歳。中学生の時は漠然と三十までには結婚して子供もいると思っていたけど、もう三十が目の前に迫っているのに、結婚の予定がない。私だけ取り残された感じがする。

司さんのそばにいられるだけで幸せなのに、最近は彼との曖昧な関係に悩んでいた。

ハーッと溜め息をついたら、隣の席の工藤くんが心配顔で聞いてくる。

「どうしたんですか？　そんな溜め息ついて」

「……私も結婚したいな」

司さんの前では絶対に言えない願望を口にすれば、工藤くんが当然のように言う。

「彼氏とすればいいじゃないですか」

「だから彼氏なんていないよ」

どんなに否定しても、彼は信じてはくれない。

「まあどっちでもいいですけど。よく話し合った方がいいですよ」

工藤くんのアドバイスは、私には意味がなかった。

司さんは結婚を毛嫌いしている。

あれは大学時代の天文部の飲み会でのこと——。

『岡本先輩、やっぱ大学卒業したら、いいところのご令嬢とお見合いとかするんですか？　あ、実はすでに婚約者がいたりして』

金髪の先輩がへべれけに酔っ払いながらそんな質問をすると、司さんは顔を歪めて言う。

『婚約者なんているわけないだろ。それに、俺は見合いなんて絶対にしない』

『あっ、じゃあ、自分が見つけた女と結婚すると。結構情熱的っすね』

金髪の先輩がハイテンションでそう返せば、司さんは瞳を暗く陰らせて言い放った。

『勝手に決めるな。俺は死んでも結婚はしない。生涯独身でいる』

その目がなんというかとても怖かったから、金髪の先輩も周りにいた女の子たちも苦笑いして、しばらく司さんに話しかけられなかったのを今でもよく覚えている。

彼の結婚アレルギーは今も変わっていない。むしろ、悪化したように思う。

司さんと再会してしばらく経ったある日のこと、親に虐待されて病院に救急搬送された子供の処置をしたらしく、司さんが『親が許せない』と私に心情を吐露したことがある。その子供は一命は取り留めたものの、脳に障害が残ったそうだ。彼の話によれば、過去にも同じようなことがあったようで……。普段仕事の話はしないのに、それだけ感情を強く動かされた出来事だったに違いない。親の犠牲になる子供を見て、ますます家庭を持つことに否定的になっている気がした。

だから、『結婚』というワードは司さんの前では禁句。それに彼と話し合えるわけがないのだ。

そもそも彼は私の恋人ではないのだから――。

いけない。今は考えるな。仕事が溜まってる。

招待状をバッグにしまい、ポケットに入れておいたスマホをデスクの上に置こうとしたら、司さんからメッセージが来ていることに気づいた。

【腕時計うちに忘れてた】

私が捜してると思って知らせてくれたのだろう。なんだか申し訳ない。

すぐに返事をしたいけれど、迷惑じゃないだろうか。

いつも彼とメッセージをやり取りする時は、返信のタイミングを考えてしまう。すぐに返事をせず、わざと一時間くらいしてから返すことも珍しくない。仕事の邪魔になりたくないのだ。

でも、この内容は返事を待ってるかもしれない。

【ごめんなさい。急いでて。なくても大丈夫なので、次お邪魔した時に回収します】

慌てて返信するが、既読にはならない。

今日は午後から仕事って言ってたし、シャワーでも浴びてるかな。

「今度はどうしたんですか？　じっとスマホ眺めて」

怪訝そうな顔をする工藤くんに、「なんでもないよ」と返して仕事に取りかかる。

担当作家の原稿を読んで、売り出し方を考えながらワードファイルに修正ポイントを入力。本のパッケージやあらすじを考え、イラストレーターの手配、作家の編集スケジュールの調整などをしていたら、あっという間に午後六時になった。

デスク周りを片付けてノートパソコンをバッグにしまうと、席を立つ。

「今日は早いですね」

司さんとは週末会うのが決まりになっていて、平日は残業することが多いので、工藤くんがそんな声掛けをしてくる。

「うん。友達と約束があって」

「あっ、いつもの親友の人ですか？　朝井さんがヘアドネーションしたっていう」

私の言葉で彼は琴音のことが頭に浮かんだようだ。

「そう」

前に琴音と会社の近くでランチをしていたら工藤くんが現れて、三人で食事をしたことがある。その時に琴音が、私が彼女のためにヘアドネーションをしたことを彼に話したのだ。

琴音は大学に入ってすぐ白血病にかかり、投薬の影響で髪の毛が抜けてしまい、私も彼女のためになにかしたいと思った。今は海人さんの献身的な支えもあって寛解し、愛する夫と幸せな結婚生活を送っている。

「今日はなにを食べるんですか？」

「フレンチだよ。じゃあ、お先に。工藤くんも早く帰りなよ」

ニコッと微笑んで彼に言葉をかけると、オフィスを出た。

最寄り駅で電車に乗り、待ち合わせのホテルに着いてロビーに行くと、琴音が私に気づいて「雪〜！」と手を振った。

彼女に会うのは二カ月ぶり。予定が合わずなかなか会えなかった。

今日の琴音はゆったりとしたカーキ色のジャンパースカートを着ている。

「琴音〜、待った？」

彼女に駆け寄って聞けば、笑顔で返された。

「ううん、さっき着いたとこ」

「よかった」

私も小さく微笑んで、ホテル内にあるフレンチのレストランへ。

ここは琴音の結婚祝いのパーティーをしたお店だ。

「一之瀬です」と琴音が名前を告げると、個室に通された。

「あのね、今日は海人さんが手配してくれて、もう料理も頼んであるみたいなの」

「そうなんだ？　海人さんにお礼言っておいてね」

ここのフレンチは、かなりのお値段がしそう。今月、節約しないとな。

「大丈夫。すでに海人さん払ってるみたいだから」

長い付き合いのせいか、琴音が私の思考を読んでくる。

「えー、そんなの悪いよ。私、後で払うから」

「前回は私の誕生日だからって雪がおごってくれたじゃないの。それに私、いくらか知らないの」

フフッとどこか策士な顔で微笑む琴音。

元気そうに見えるけど、ちょっと痩せた気がする。身体、大丈夫かな。

「ありがとう。ねえ、最近体調はどう？」

大きな病気をしていただけに心配だ。

「一カ月前まで全然食欲なかったんだけど、復活したよ。最近、食欲ありすぎて困ってる。……実はね、妊娠したの」

琴音がテーブルに身を乗り出して声を潜めた。

妊娠？

「え？　ホントに？」

琴音の告白がすぐに信じられなくて思わず聞き返すと、彼女が口元に笑みを浮かべて頷いた。

「うん。今、五カ月」

「おめでとう～！　よかったね、琴音。でも妊娠で痩せるんだね。体重増えるものとばかり……」

大病をした彼女に赤ちゃんができたのが嬉しくて、自分のことのように喜ぶ。

「悪阻がひどくてね。三キロも減っちゃった」

「それはつらかったね」

琴音は明るく笑っているけど、相当大変だったに違いない。

いつもはメッセージを送るとすぐに返事が来るのに、一時期日にちをまたぐことがあったのだ。

「今はもう平気だから。雪はどうなの？」

「普通に仕事してるよ」

淡々と答えるが、彼女の期待した答えではなかったらしい。

「そうじゃなくて、司さんとはうまくいってるの？」

焦れったそうに聞いてくる彼女から少し視線を逸らして答える。

「まあ……続いてるよ」

「なんだか歯切れが悪いな。結婚とかは？」

その質問に胸がチクッとする。親友だけに遠慮がない。

「うーん、仕事が忙しいからそれどころじゃないかな。それより、琴音がママになるなんて最高に嬉しい」

一番触れられたくない話題だったので話をもとに戻し、とびきりの笑顔を向けた。

「私もね、結婚して赤ちゃんできるなんて、病気になった時は考えられなかったよ」

「うん……うん。本当によかった。今日はお祝いだね」

涙ぐむ私を見て、琴音が優しくハンカチを差し出す。

「ホント、雪涙もろいね」

ふたりでソフトドリンクを頼んで乾杯し、しばらく雑談していたら、コース料理が運ばれてきて、美味しい料理に舌鼓を打った。

「あ～、どれも美味しかった。明日も仕事頑張ろう」

琴音に幸せを分けてもらった気分だ。

「まだデザートがあるよ」

琴音の言葉に「そうだね」と相槌を打つとスタッフが現れ、桃の果肉がのったタルトが出された。

「わあ、桃のタルト、美味しそう」と琴音がはしゃぎながらスマホで写真を撮っているので、笑顔で尋ねる。

「ＳＮＳにアップするの？」

「ううん。海人さんにメッセージ送るの」

ニコッと笑顔で返す親友を見て、結婚してから一年経つのにラブラブだと思う。

「琴音と海人さん、結婚しても恋人みたいだね。羨ましいな」

「なに言ってるの。雪は今、恋も仕事も絶好調じゃないの。ねえ、自分の本は出さないの？　学生時代書いてたじゃない？」

「今は仕事に追われて、小説書く暇ないかな」

実は昔、小説投稿サイトにファンタジー小説を投稿していたことがある。でも、就職してからは時間が取れなくて、もう何年も更新していない。いや……違う。何度かコンテストに応募したけど賞は取れなかったから、書く意欲をなくしてしまったのだ。

「そっかあ。もったいないな。文才あるのに。頑張れば作家になれるかもよ」

琴音が励ましの言葉を口にするけれど、ハハッと苦笑いする。

「現実はそんなに甘くないよ」

「へえ、雪が小説書くなんて知らなかったな」

急にドアの方から司さんの声がして、驚きで目を大きく見開いた。

「あっ……え？　どうして？」

「俺が誘ったんだよ。ちょうど司の仕事も終わったみたいだから」

司さんの後ろから海人さんがひょっこり顔を出す。

ああ。妊娠した奥さんが心配で迎えに来て、ついでに親友も呼んだってところかな。

「そうなんですね。今日はご馳走になっちゃってすみません。とても美味しかったです」

海人さんに食事の礼を言うと、笑顔で返された。

「いやいや。これからもちょくちょく琴音の相手をしてやって。毎日退屈らしくって」

「はい。喜んで」

それから四人で少し雑談をしてレストランを出た。ロビーの前で司さんが海人さんと琴音に「じゃあ」と手を振ると、彼が私の手を握ってエレベーターに乗り、地下へ――。

エレベーターを降りるとそこは地下の駐車場で、司さんが私の手を握ったままスタスタと歩き出す。

「司さん、どこへ行くの？」

「俺、車で来たから」

当然のように言われ、ちょっと困惑する。

「……ああ。でも、私電車で帰らないと」

会えたのは嬉しいけれど、私のせいでこれ以上彼の時間を取ってしまうのは申し訳ない。明日も仕事があるだろうし、早く帰って休んでもらわないと。

「こらこら、それじゃあ俺がここに来た意味がないだろ？」

彼に怒られたが、強く言い返した。

「でも、送ってもらうのは悪いよ」

私のアパートは亀戸(かめいど)にあって、司さんのマンションとは方角が違う。

「これなんだ？」

レストランで会った時からちょっと気になっていたのだが、司さんが手に持っていた有名ブランドのロゴが入った大きな紙袋を掲げて私に見せる。

「スーツを新調したの？」

司さんがなにを言いたいのかわからなくて首を傾げながら尋ねたら、とんでもない答えが返ってきた。

「いいや、雪の着替え。外商に用意してもらった。サイズは知ってるしな」

「え？　ちょっと待って。そんな高い物を私に？」

紙袋の大きさからすると、一着とかじゃない。数十万はしたのでは？

ギョッとする私とは対照的に、彼は安堵した顔をする。

「もっと早く買っておけばよかった。数日分あるから安心してうちに泊まれよ」

「でも、そんなちょくちょくお邪魔したら……」

司さんがリラックスできない。

人の命を預かる仕事だ。ずっと私の相手をしていては気が休まらないだろう。それに、そんなに頻繁に顔を合わせたら、そのうち私に嫌気がさすのではないかと不安になってしまう。だって、長い時間一緒にいれば、お互い粗が見えてくるものだ。

「邪魔にならない。むしろ癒やしになる。四の五の言わずに乗れ」

とびきりの笑顔で命令されたけど、素直に従えなかった。行けば、ただ寝るだけでは済まない。

「明日はいろいろあって遅刻はできないし、まだ月曜だからぐっすり寝たいの」

暗に夜の相手はできないと言うと、彼が悪戯（いたずら）っぽく目を光らせた。

「今夜は手を出さないって約束する」

抱かないなら、彼になんのメリットがあるのだろう。

「それでいいの？　本当に？」

「意外な顔をするなよ。それに……腕時計忘れていっただろ？」

司さんの言葉を聞いて、「あっ……」と声をあげる。

琴音と食事してすっかり忘れてた。

「ほら、乗れよ」

司さんが助手席のドアを開けると、横に一台車が停まって、中から長身の美女が出てきた。

「あら、司じゃない。久しぶりね」

女性が司さんに気づいて笑顔で声をかけるが、彼は表情を変えずに軽く返した。

「ああ。久しぶり」

こういうシーンは初めてではない。両手で数えられるくらいは遭遇している。

恐らく昔恋人だったか、デートした相手だろう。声をかけてくるのは必ずといっていいくらい美人だ。彼がモテるのはわかっているけれど、胸がズキズキと痛くなる。

女性は私のことなど眼中にないのか、平然と司さんと話しだす。

「よかったらバーで飲まない？」

私がいたら邪魔だと思い、司さんから離れてひとりで帰ろうとしたら、ガシッと腕を掴まれた。

「待て。勝手にひとりで帰るな」

ギロッと彼に睨まれ、有無を言わさず車の助手席に乗せられる。

「悪いけど、もう帰るから。じゃあ」

司さんは女性に素っ気なく断って運転席側に回り込むが、その女性はまだ彼を引き止めようとする。

「待って。連絡しても繋がらないし、スマホ変えたんでしょう？　新しい連絡先教えてよ」

「急ぐから」と司さんは女性を相手にせず、運転席に着くとすぐに車を発進させた。

後ろを振り返れば、女性はまだこちらに目を向けている。

「いいの？　さっきの女性は？」

彼が相手の誘いを断ってくれたことにホッとするが、ふたりの関係が気になってしまう。

ただの友達？　それとも昔の恋人？

聞きたくても聞けないが、そんな私の胸中を察してか、彼がチラリと私を見て、少しうんざりしたような声で言う。

「正直、誰かも覚えていない」

「……そう」

安心していいはずなのに、逆に不安な気持ちになる。

私も……何年後かにはそんな風に忘れられちゃうのかな。

「そもそも雪がいるのに、ほいほいついていくわけないだろ？」

どこか呆(あき)れ顔で言われたのだけれど、その発言に自然と顔が綻(ほころ)んでしまう。

ペットみたいな存在の私を優先してくれたのが嬉しかった。

彼の言葉で一喜一憂してしまう私は、チョロいのかもしれない。

「坂田先生、これが腫瘍。鑷子で周辺押さえて」

今日初めて脳腫瘍摘出の手術に立ち会う研修医に指示を出す。

「は、はい」

緊張した面持ちで手術器具を握る研修医の手は、若干震えていた。

「大丈夫。落ち着け。執刀医は俺だから」

マスクで口元は見えないだろうが、ニコッと笑ってみせる。

まあ、頭蓋骨にドリルで穴を開けて脳とご対面するのだから、普通の人間ならかなりショックを受けるだろう。気分が悪くなって吐いたり、途中で退出する研修医は多い。まだ立っているだけマシだ。

俺も研修医の頃は緊張……いや、してなかったな。むしろワクワクしていた。

医者の家系だからかもしれない。

父は心臓外科医で、母は麻酔科医、ついでに言うなら、親族も医者が多い。

俺自身、生まれた時から、医者になってこの岡本総合病院を継ぐことが決まっていた。

腫瘍を慎重に取り除きながら、研修医に次の指示を出す。

「坂田先生、血が滲んできたから、そこガーゼで拭き取って」

「は、はい！」

研修医が恐る恐るガーゼを当てると、「そう。それでいい」と褒めてやる。

ある程度場数を踏めば、この戦慄を覚えるような状況にも慣れてくるはずだ。

縫合を終えると、研修医を優しく労った。

「初めてにしては頑張ったな。今日はしっかり晩飯食えよ」

「はい。司先生、ありがとうございました。もう足がガクガクしてます」

五時間に及ぶ手術。立ってるだけでも結構しんどい。

足が痺れているのか、どこかぎこちない動きの研修医と共に手術室を出ると、マスクと手袋を外し、医局に戻って着替える。今日は会議があったので、スーツを着てきた。

スマホを確認したら、海人からメッセージが来ていた。

【仕事終わった？】

届いたのは二分前。彼が結婚する前はよくこんなメッセージが来ていたが、今は珍しい。

なにか俺に話でもあるのかな。

そんなことを思いながらメッセージを打つ。

【今終わった】

俺の返事を待っていたのか、すぐに既読になった。

【今日琴音が雪ちゃんと食事をしてるんだが、一緒に迎えに行かないか？】

わざわざ奥さんを迎えに行くとは、妻を溺愛している海人らしい。

【いいけど、その前になんか腹に入れたい】

ずっと手術だったから腹が減っている。

【じゃあ、琴音たちがいるホテルでなにか適当に食べよう。ラウンジで待ち合わせで】

【了解】と短く返事をすると、海人がホテルの名前と地図のデータを送ってきた。

それは、海人の結婚祝いのパーティーで利用したホテル。俺にとっても、雪と出会った特別な場所だった。

もう付き合って一年になるんだな。十年以上幼馴染への愛を貫いてきた海人とは比べものにならないが、今まで一年も付き合った女性なんていなかった。

雪は俺にとって特別な存在——。

引き継ぎをして医局を出ると、皮膚科医の篠田美麗に会った。

「あら司、今日はもう帰るの？」

長身で、白衣以外は全身ブランド物。長い髪を後ろでひとつに束ね、女優メイクで颯爽と歩く姿は人目を引く。美意識が高いが、性格はサバサバしていて、同僚の男性医師たちからも慕われている。彼女とは同じ大学で病院実習が一緒だった。

「ああ。昨日も呼び出しがあったんだ」

「あら、それは大変だったわね。皮膚科に転科すれば、呼び出しもなくなるわよ」

冗談交じりに言う彼女に、フッと笑って返した。

「俺には合っていないから遠慮しておく」

「帰るなら、どこかで飲んでいかない？」

「先約があるんだ。急ぐから」

笑顔で断りながらその場を立ち去る。

職員用の駐車場に行くと、ひとつ思い出して外商に電話をかけ、自分の車でホテルに向かう。

二十分ほどでホテルに着き、ラウンジに向かえば、奥の席に海人がいた。

「悪い。待たせた」

開口一番に謝ると、海人がメニューを手に取りながら小さく首を左右に振る。

「いや、急に悪かったな。ここで食べるか？」

「ああ、ゆっくり食べてる暇はないだろ？」

腕時計に目を向ければ、午後八時半を回っている。

「まあね。琴音はもうデザート食べるみたいだから」

海人がメニューを俺に差し出してきて、苦笑いしながら受け取った。

「妻に食事の進み具合も報告させるなんて引くんだが」

「たまたま今、メッセージが来たんだよ」

海人がスマホを俺に見せる。

桃のタルトの画像に、奥さんのメッセージ。

【これからデザート】

夫婦のメッセージのやり取りってこんななのか。

「結婚して一年経つのに、ラブラブだな。俺はカレーにする。お前は？」

「俺もカレーにする」

スタッフを呼んでカレーを頼むと、テーブルの上で手を組み、海人を見据えた。

「で、今日はなんで俺をわざわざ呼び出した？」

「やっぱわかるか？」

明るく笑う親友を見て、俺もフッと微笑する。

「そりゃあ長い付き合いだからな」

「実は……来年パパになる予定なんだ」

急に深刻な顔になったかと思ったら、そんな目出度い報告をして海人はニヤリとする。

「おめでとう。今何カ月なんだ？」

琴音さんは病気が寛解して六年経つし、子供を持つことを考えてもおかしくない。

「五カ月。悪阻がひどくて大変だったよ。俺まで食欲落ちたし」

「五カ月ならもう安定期だな。悪阻は治まってるんだろ？」

「ああ。ホッとしてるよ。今近所のクリニックに通ってるんだが、そろそろお前のとこの病院に転院させる予定だ。お産はなにがあるかわからないからな」

医師ともよく相談をしているのだろう。琴音さんはうちの血液内科で今も定期的に検査を受けている。

「その方がいいだろうな。なにか必要なことがあったら言ってくれ。力になるから」

「頼りにしてる。さあ、俺の話はそれくらいにして、お前の話をしようか」

海人がテーブルの上で手を組んで、俺をじっと見据えてくる。

「俺の話ね」

どうやら子供の話が本題ではなさそうだ。

「お前さあ、雪ちゃんどうするつもりなの？　もう付き合い始めて一年も経つだろ？」

海人は『一年も』と強調してくる。

「まあ、お前の結婚祝いのパーティーで会ったからな」

「で、このままずるずるいくのか？」

海人は俺に結婚の意思があるのか聞いている。その質問にすぐにノーとは言えなかった。

「結婚って、そんなにいいか？　……いや、お前には愚問だったな」

こいつはずっと琴音さんを好きで、彼女が大学を卒業したら結婚すると決めていたらしい。琴音さんが闘病中もその意思が揺らぐことはなかった。それだけ彼女を愛しているのだ。

「愚問だが、答えてやるよ。結婚はいいぞ。ひとりは孤独だが、ふたりならなにがあっても乗り越えられると思える」

昔はそんな惚気（のろけ）を聞かされたら結婚嫌いの俺はただただ苦笑いしていただろうが、

今はちょっと考えてしまう。

雪と付き合う前はずっと独身でいたいと思っていた。結婚に意味を見出せなかったのだ。

海人のように命をかけて愛せるような女性に出会ったこともないし、俺を心から好きだという女性にもお目にかかったことがなかった。初めて会った女性から『結婚して』といきなり抱きつかれ、蕁麻疹(じんましん)が出たこともあったっけ。

俺が岡本総合病院の跡継ぎだと知って近づいてきた女はいっぱいいて、一度デートしただけで彼女面して、『私は将来、岡本総合病院の院長夫人になるの』と吹聴して回る女もいた。もちろんそんな女とは二度と会わなかったけど、女そのものに幻滅して、心を許せなくなった。女の罠(わな)にかかって結婚させられたらたまらない。

俺が蕁麻疹ができるくらい結婚に対して否定的なのは、両親が仮面夫婦だから。

政略結婚だったせいか、人前では仲良く振る舞っているものの実際は冷めた関係で、俺は病院の跡継ぎとして生まれただけ。

その話は俺が中学生の時に母から知らされ、どうして自分が母に愛されなかったのか納得した。運動会や文化祭などの行事にうちの親が来たことはない。ついでに言うなら親に抱きしめられたこともない。親の愛情がないのが俺にとっては普通だった。

だから、結婚なんて意味がないと思うし、愛を知らずに育った俺が家庭を持つべきではないと考えていた。

医者にはなるが、俺は俺で自由に生きる。そう決めて、大学の時にひとり暮らしを始めて、好き勝手やっていた。成績さえよければ、親はなんの口出しもしない。

だが、一方で虚しさも感じていた。天文部に入ったのは、なにか心の穴を埋めるような癒やしを求めていたから。宇宙は果てしなく広がっていて、どこか神秘的な世界で……。煌めく星に俺は魅せられた。星を見ることで、すさんだ心が綺麗になっていくように感じたんだ。

「……予想通りの答えだな」

「ちゃんと参考にしろよ。お前だけの人生じゃないんだぞ。雪ちゃんだって来年三十だ」

一年前、雪に告白された時、海人に釘を刺されていた。

本気で付き合う気がないならきっぱり振れと。

「わかってる。今いろいろ考えてる」

親友の言葉が耳に痛い。

最初は俺も付き合う気はまったくなく、彼女も俺の容姿が気に入っただけだったたから、ちょっと相手をすればそれで満足すると思っていた。だが、予想とは違って深い関係になり、今に至る。

もう彼女を手放せない。手放したくない。

「へえ、意外。そろそろ切り捨てるかと思った。お前、結婚アレルギーだから」

海人がおもしろそうに目を光らせ、俺を弄ってくる。その言葉に胸がチクッとする。

「誰が切り捨てるか」

そう言い返したものの、過去の自分は彼が言うように情け容赦ないひどい男だった。両親のことがあったから、過去の女たちとは気晴らし程度の付き合いしかしなかったし、名前すらよく覚えていない。

「俺も雪と会うまでは結婚なんて考えなかった。雪に交際申し込まれた時も、すぐに俺に興味をなくすと思ってたから」

医師という職業柄、休日でも急患だと呼び出され、デートをドタキャンしたことが何度もある。たいていの女は大事にされていないと文句を言って離れていくが、それで構わなかった。近づいてくる女はどうせ俺の外見や家柄が目当て。好きと言っても上辺だけ。そこに気持ちなんて一ミリもない。

女なんて生き物はみんな母と同じだ。決して愛せない――。

だが、雪は違った。

パーティーの場で彼女の告白をはっきりと断らなかったのは、俺の気まぐれ。場の雰囲気を壊したくなかったというのもあるが、今考えるとなにか感じるものがあったのだ。多分、ひと目見て彼女を気に入ったのだろう。ピュアな感じがしたし、初めて会った気がしなかった。それになにより、『ペットでもいいから』なんて突飛な発言がツボに入ったというか、かわいかったんだ。

海人には雪を雑に扱うなと強く言われていたのもあって、一週間くらい経って俺から彼女にコンタクトを取った。お洒落なレストランで食事でもと思ったが、なかなか休みが取れず、病院内のカフェでお茶をすることになった。

だが、カフェに行こうとしたら、急患が運ばれてきて緊急手術。

雪に連絡する間もなく、五時間の手術を終え、【ごめん。急な手術が入って連絡できなかった】と彼女にメッセージを打つと、すぐに返事が来た。

【私は大丈夫なので、しっかり休んでください】

書かれていたのはそれだけで、次の約束の催促もなし。

もうさすがに帰ったかと思ったのだが、なんとなく気になってスクラブの上に白衣を着てカフェに向かうと、雪はカフェの奥のテーブルにポツンと座り、テーブルに片肘をついてどこか空を見つめていた。

五時間もずっと待っていたのか？

『……なんで待ってるんだ？』

帰ってもよかったのに……なんて言葉は言えなかった。

雪に近づいて声をかけると、彼女の顔がぱあっと明るくなる。

『あっ、お疲れさまです。手術大変でしたね』

『連絡できればよかったんだが、急患で一秒を争う状況だったから……って、言い訳でしかないな。こんなに待たせて悪かった。本当にごめん』

頭を下げて謝る俺の腕を彼女が掴み、優しく微笑んだ。

『私のことは気にしないでください。仕事をしてたんですよ』

『パソコンもないのに？』

雪の向かい側の席に座って尋ねれば、彼女がどこか誇らしげにスマホを見せてきた。

『新人作家の作品を読んでたんです。仕事っていうか、もう完全に趣味ですね』

仕事の話だと彼女は饒舌（じょうぜつ）になる。

『それでも待たせたことに変わりはない。今日これで仕事が終わりならいいんだが、まだ帰れないんだ』

『だから気にしないでください。ちょっと会えただけでも嬉しいです』

『この埋め合わせは必ずする……あっ、多分呼び出しだ』

白衣のポケットに入れておいたスマホが鳴って相手先を確認すると、雪に目を向けた。

『悪い！　また連絡する』

ポンと彼女の肩を叩き、席を立ってカフェを出た。

その後、俺からまた連絡を取ったのだが、急な呼び出しで約束をドタキャンしたり、会えたけど途中で呼び出されたりすることが何度も続いた。しかし、雪は決して俺を責めなかった。

『私は平気ですから、病院に行ってください』

逆に俺に明るく笑ってみせる。でも、やっぱりその顔には寂しさが滲んでいて、申し訳ない気持ちになった。

こんなんじゃあ俺といても楽しめないだろう。お詫びになにかプレゼントでも渡して、もう会うのはやめた方がいい。

そう思いつつも、彼女との縁を切れなかったのは、同じ大学出身ということでどこか懐かしさを感じたからかもしれない。

デートがドタキャンになることがあまりにも続いたので、雪を俺のマンションに呼ぶようになった。

最初は一之瀬夫婦を交え、彼女がうちに慣れてきたところで、マンションの鍵を渡す。だが『なくしたら大変ですから』と言って、なかなか受け取ってもらえなかった。

なくしてもすぐに作れると言い含めて、土曜日の午後からうちに来てもらうようになった。そのまま土日は泊まって、月曜の朝彼女は出勤する。俺に仕事が入ってもそれは変わらない。いつの間にかそういう決まりができていた。たとえ数時間でも彼女に会いたかったのだ。

「雪ちゃんは今までお前の周りにいた女とは違う。だから、続いているんだろ？」

海人に聞かれ、否定せずに小さく頷いた。

「……そうだな。だが、俺はうちの両親があんなだから怖いんだ。雪を不幸にするんじゃないかって」

ずっと独身でいるつもりが、雪と一緒にいるうちに彼女との将来を考えるようになった。しかし、家族に愛されなかった自分には彼女を幸せにできる自信がなくて、常に葛藤している。

彼女とは一緒にいたい。だが、一生彼女を愛し続けることができるのか——。

……まだ自分を信用できない。

「お前は大丈夫だよ。雪ちゃん見てる時の目が優しいから。まず同棲から始めてみれば？　それで慣れていけば、結婚への不安もなくなるんじゃないか？」

同棲……。それはつまり、雪と同居するということ。

海人のその言葉は今の俺の願望そのもので、すんなり心の中に入ってきた。

「同棲ね。そういえばお前って結婚前に同棲してたっけ？」

海人にそんな質問を投げたのも、彼の経験談を聞きたかったから。

「ああ。向こうのご両親に、なにがあっても一緒にいたいって頼んで、結婚するつもりで同棲した。琴音が籍入れるのは根治してからじゃないとダメって固辞したけど」

笑顔で言っているが、相当の覚悟があったと思う。

「……そうだったんだな」

小さく相槌を打ちながら、どうしたものかと考える。

「マンションの鍵は渡してるんだろ？」

「まあな」

女に鍵を渡したのなんて、雪しかいない。実家の両親にさえ渡していないのだ。

それだけ俺が雪に心を許しているということ。

「お前にしてはすごいって褒めたいところだが、もう次の段階に進めよ。雪ちゃんからも、そろそろ結婚したいとか……そんな話はないのか？」

海人の質問に思わず溜め息が出る。

「まったくないね」

結婚なんて毛嫌いしていたのに、今は雪の口からその言葉が出てこなくて逆に不安を感じる。

「あー、彼女は言わないか。だが、雪ちゃん、琴音がウエディングドレスを着た写真見ながらウエディングドレス着たいって言ってたぞ」

「へえ。じゃあ、結婚はしたいのか。雪はどこか一歩引いたところがあるんだよな。鍵を渡すのもひと苦労だった」

俺にあんな大胆に告ってきたのに、彼女はグイグイ来ない。俺を好きなのは傍から見ても明らかなのだがな。

「なんか雪ちゃんらしいよ。明るい性格だけど、意外と控え目なんだよな。彼女」

「知ってる」

バレンタインも俺にお返しをさせるのを申し訳なく思ったのか、チョコは渡してこなかった。代わりに『外寒かったでしょう？　これで温まってください』と、ココアだ。

を入れてくれた。それで彼女は俺にチョコを渡したと、ひとりこっそり喜んでいるの

その姿がいじらしいというか……。なんだかこの胸にギュッと抱きしめたい気持ちになる。

「もっと我儘言ってくれたらいいんだが」

ポツリとそんな本音を漏らせば、海人が大きく頷いた。

「その気持ちは理解できるな。いい子なんだから大事にしろよ。なんといったって雪ちゃん、琴音が闘病で髪が抜けた時、ヘアドネーションまでしてくれたんだから」

海人の話に驚いて、思わず彼の目をじっと見たまま呟いた。

「……初耳だ」

驚くと同時に、俺以上に雪のことを知っている彼を恨めしく思った。

「あれ、聞いてない？……って、雪ちゃんは言わないよな。お前は髪の長い雪ちゃんしか知らないだろうが、俺はショートヘアの彼女を知ってるぞ」

そんな説明をしながらおもむろに彼がスマホを操作して、ある画像を見せた。

そこには海人と琴音さん、それとメガネをかけたショートヘアの女の子が写っていた。

「このショートの子……見覚えある。これ……雪なのか？」

何度か大学の天文部の活動で会った。いつもひとりポツンといた印象で、庇護欲をそそるような子だった。放っておけなくて、部に早く馴染めるように声をかけていたのだが……。

雪は俺のことを知ってて隠していた。どうして……？

「そう。ショートもかわいいだろ？　メガネ姿も今はレアだぞ」

ショートヘアもメガネ姿も見たことがない。普段はコンタクトをしてるのは知ってるけど。

「この写真、俺に転送してくれ」

「どうしようかなあ？　雪ちゃんの許可もらってないしなあ？」

海人がもったいぶった言い方をするので、彼がすぐに頷くような提案をした。

「だったら、お前が欲しがってた腕時計をやる」

老舗ブランドの腕時計で、世界に十個しかない限定モデルをこいつは欲しがっていた。

「お前、オークションで手に入れたんだろ？」

俺の提案を聞いて、海人はひどく驚く。

「普段使わないからいいんだ。手に入れて満足したんだよ。まあ、持っている時計はひとつだけじゃないし」

「そこまでしても欲しいんだな。腕時計はいらないよ。やる」

海人がスマホを操作して、俺に画像を送る。

「サンキュ。お前と琴音さんの部分は使わないから」

届いた画像を確認すると、雪が写っている部分だけ切り取った。

「ん？　どうするんだ？」

「スマホの壁紙にする」

素早く操作している俺を見て、海人が引きつった笑いを浮かべる。

「……お前、雪ちゃんどんだけ好きなんだよ」

「お前も人のこと言えないだろ？」

それからカレーが運ばれてきて五分ほどで食べ終わると、ちょうど百貨店の外商が商品を届けに来た。

「こちらがご依頼の品です」

「助かるよ」

外商担当者から有名ブランドのロゴが入った紙袋を受け取り、海人と雪たちがいるレストランへ向かう。

「その紙袋、中身なに？」

海人が紙袋にチラリと目をやって俺に尋ねてきたので、ニヤリとした。

「同棲への第一歩ってところかな」

海人に言われて初めて気づいた。俺は雪と一緒に住みたいんだって。

外商に彼女の服を用意させたのも、俺のそばにいさせたいからだ。これから会って彼女をそのままうちに連れ帰るつもりでいる。

今、雪に同棲しようと言っても、彼女はすぐに『うん』とは言わないだろう。

着替えがあれば、彼女がうちに泊まりやすくなる。そうやって泊まる日を増やしていけば、ちょっとお堅い彼女も同棲に抵抗がなくなるはずだ。

「は？」

呆気に取られた顔をされたがもうその話題には触れず、スタスタとレストランへ向かう。入り口で海人がスタッフに名前を告げると、「こちらです」と奥にある個室に案内された。

「なに言ってるの。雪は今、恋も仕事も絶好調じゃないの。ねえ、自分の本は出さないの？　学生時代書いてたじゃない？」

スタッフが小さくノックしてドアを開けた瞬間、琴音さんの声が聞こえてきた。

ふたりは話に夢中になっているのか、俺たちに気づかない。

邪魔しないようにそっと部屋に入ると、雪が小さく笑って返す。

「今は仕事に追われて、小説書く暇ないかな」

ちょっと諦めに近い表情。少なからず未練があるんだな。

一緒にいる時間が増えたせいか、彼女の思考がいくらか読めるようになってきた。

「そっかあ。もったいないな。文才あるのに。頑張れば作家になれるかもよ」

琴音さんが俺たちに気づいてニコッと微笑みつつ雪に温かい言葉をかけるが、雪は声のトーンを落として返す。

「現実はそんなに甘くないよ」

どこか寂しそうな顔をしているので、たまらず声をかけた。

「へえ、雪が小説書くなんて知らなかったな」

「あっ……え？　どうして？」

俺の登場にひどく驚く雪に、一緒に来た海人が説明する。

「俺が誘ったんだよ。ちょうど司の仕事も終わったみたいだから」

「そうなんですね。今日はご馳走になっちゃってすみません。とても美味しかったです」

まだ驚いた顔をしている彼女が海人に礼を言うと、海人は笑顔で返した。

「いやいや。これからもちょくちょく琴音の相手をしてやって。毎日退屈らしくって」

それから四人でレストランを出て、ロビーの前で海人に「じゃあ」と手を振り、雪の手を握って地下にある駐車場へ――。

「司さん、どこへ行くの？」

雪が一度立ち止まって俺に確認する。

「俺、車で来たから」

「……ああ。でも、私電車で帰らないと」

俺の答えを聞いて、彼女がちょっと困った顔をする。

雪は亀戸のアパートに住んでいて、麻布に住んでいる俺とは別方向だから送ってもらうのは悪いと思っているのだろう。だが、帰る気満々なのは気に入らない。

「こらこら、それじゃあ俺がここに来た意味がないだろ？」

「でも、送ってもらうのは悪いよ」

「これなんだ？」

外商担当に用意してもらった紙袋を掲げてみせると、雪は真面目な顔で俺に尋ねる。

「スーツを新調したの？」

「いいや、雪の着替え。外商に用意してもらった。サイズは知ってるしな」

フッと笑みを浮かべて言えば、彼女がギョッとする。

「え？　ちょっと待って。そんな高い物を私に？」

「もっと早く買っておけばよかった。数日分あるから安心してうちに泊まれよ」

着替えがないという言い訳はもう通用しない。

「でも、そんなちょくちょくお邪魔したら……」

まだ断ろうとする雪の手を引き、車の助手席まで連れていく。

「邪魔にならない。むしろ癒やしになる。四の五の言わずに乗れ」

「明日はいろいろあって遅刻はできないし、まだ月曜だからぐっすり寝たいの」

「今夜は手を出さないって約束する」

愛し合うことはできないとそれとなく仄(ほの)めかされたので、クスッと笑って言う。

身体が目当てで彼女と付き合っているのではない。

「それでいいの？　本当に？」

雪が俺の返答に驚いているので、思わず顔をしかめた。

「意外な顔をするなよ。それに……腕時計忘れていっただろ？」

腕時計のことをすっかり忘れていたのか、雪が「あっ……」と声をあげる。

「ほら、乗れよ」

雪に助手席に座るよう促した時、見覚えのない女に「あら、司じゃない。久しぶりね」と声をかけられた。

全身ブランド物を身に纏った長身の女性。恐らく過去に一度デートをした相手だろう。顔も名前も思い出せないのだから、相手には申し訳ないが俺にとってどうでもいい女なのに、雪は俺の知り合いだと思って、気を利かせてこの場から去ろうとする。

「待て。勝手にひとりで帰るな」と雪が逃げないよう半ば強引に助手席に座らせると、俺も素早く運転席に乗り、女性に構わずホテルの駐車場を出る。

本当に雪以外の女なんてどうでもいいのに彼女は気にするのだ。昔の女にはもう会ってもいないし、連絡先だって雪と付き合いだしてからは全部消去した。

「いいの？　さっきの女性は？」

「正直、誰かも覚えていない」

俺の返答を聞いて、彼女はなぜか暗い声で相槌を打つ。

「……そう」

この反応……。俺がまだ他の女と遊んでいると思っているのか？

雪の反応が理解できなくて、思わず溜め息交じりに言う。

「そもそも雪がいるのに、ほいほいついていくわけないだろ？」

雪が誤解しないようはっきり言うと、今度は明るい調子で返してくる。

「そうなんだ？」

なにが『そうなんだ？』……なのか。こういう時、彼女の思考がわからなくなる。

完全に彼女の考えを読めるようになるには、まだ時間が足りないようだ。

「料理は美味しかったか？」

食事の話題を振ると、彼女はとても満足した様子で頷いた。

「うん、とっても。司さんはもう晩ご飯食べたの？」

「ああ。海人とね。……そういえば、琴音さんの妊娠の話、聞いた？」

「あっ、司さんも聞いた？　本当によかったよ。元気な赤ちゃん生んでほしいな。琴音ならきっといいママになるよ」

琴音さんのためにヘアドネーションまでしたほどなのだから、自分のことのように喜んでいるのだろう。

雪も赤ちゃんができたら……かわいいママになるんだろうな。

ふと自然にそんなことを思ってしまう。

家に帰ると、彼女に着替えが入った紙袋を渡した。

「シャワー浴びて着替えてくれれば？　今日は早く寝るんだろ？」

「司さんが先でいいよ」

「俺に気を遣うなよ。それとも一緒に入りたいのか？」

雪の頬に触れて誘惑するように言えば、彼女が顔を真っ赤にして否定した。

「ち、違う！」

こういうウブな反応がおもしろい。

俺から逃げるように彼女はバスルームに駆け込む。

クスッと笑って寝室で部屋着に着替えると、物置からある段ボール箱を出してリビングに運ぶ。中身は望遠鏡。

「日本に戻ってから一度も出してなかったな」

組み立てて、窓を開けてベランダに置き、月にピントを合わせた。

今日は上弦の月。

「おっ、久々にしてはいい感じ」

こうしてレンズを覗いていると、大学時代を思い出す。

医学部はレポートが多くて忙しかったけど、月や星を見ると疲れも吹き飛んだ。

「……さん、司さん？　ベランダでなにしてるの……って望遠鏡？」

「ああ。久しぶりに出してみた。月が綺麗に見える。雪も見るか？」

「見たい！」

目を輝かせて返事をしながらベランダに入ってきた雪の腕を掴んで、望遠鏡の前に立たせる。

「ほら覗いてみろよ」

「うん。あっ、クレーターくっきり見える」

ちょっと子供のようにはしゃぐ彼女。

ああ、大学の時も星や月を見せたら、今みたいに笑ってくれたっけ。

「大学でも見たよな？　こんな風に」

すごく自然な流れでカマをかけたら、あっさり引っかかった。

「あの時も上弦の月が綺麗に……あっ」

自分の失言に気づいて変な声をあげて、雪がゆっくりと後ろにいる俺を振り返る。

「天文部にいただろ？」

悪魔な笑みを浮かべて問えば、彼女は俺の質問に答えず大きく目を見張った。

「どうして……？」

「今日海人からある写真を見せられて知った」

ズボンのポケットからスマホを出して、ショートヘアの雪の画像を見せれば、彼女があたふたした。

「わー、そんなの見ないで。メガネしてるし、化粧だってしてなくて、超地味で恥ずかしいから」

雪が俺からスマホを奪おうと手を伸ばしたが、ひょいとかわす。

「どうして？　かわいいじゃないか？」

まるで隠していた赤点のテストでも見られたかのような反応なので、ちょっと不思議に思う。

「司さんの目おかしいよ。一度病院で診てもらったら？」

「ひどいな。俺一応医者なんだが」

「その画像、しょ、消去してよ。今すぐ！」

必死に俺のスマホに向かって手を伸ばしてくる彼女に、意地悪く告げた。

「ダメ。俺のスマホの壁紙にしたから」

「趣味悪すぎ！」

こんな風に俺に噛みついてくる彼女は初めてだ。

「俺のセンスを貶すなよ」

「恥ずかしすぎるよ。今の写真でも恥ずかしいのに」

俺からスマホを奪えない彼女は、今度は両手で顔を覆って嘆いた。

「今の雪を壁紙にするのもいいな。週替わりにしようか？」

本気で考える俺に、彼女がちょっと涙目で文句を言う。

「ああ〜、もう真剣な顔で悩まないで」

「とにかく俺は気に入っている。ヘアドネーションのことも言ってくれたらよかったのに。メガネだって俺の前でかけていいんだ。ずっとコンタクトだと目がつらいだろ？」

なにかと俺の前で遠慮してきた雪がいじらしく、またかわいく思えて、彼女の顎を掴んで目を合わせ、優しく言い聞かせる。

「司さん……」

「俺の前ではありのままの雪でいい」

甘く囁くように告げて、彼女の唇を奪った。

弟と彼に振り回されて……

ピコッとスマホから音がして、慌てて起きる。

「ん？」

一瞬アラームかと思ったけど、画面を確認すると、弟からのメッセージが届いていた。時刻は午前六時二十三分。

司さんがレストランに迎えに来た翌朝、私は彼の腕の中にいた。

司さんは？

チラッと彼に目を向ければ、その目は閉じたまま。よかった。起きてない。

弟はなんの用事で連絡してきたんだろう。

すぐにメッセージの中身を見て脱力する。

【今日学会で東京行くから泊めて】

早朝にメッセージなんて送ってこないでほしい。しかも当日。

私の一歳下の弟の拓海は医師で、実家のある群馬の病院に勤務している。

昔から要領がよくて頭のいい子で、コミュ力も高かった。しかも顔も美形なので、女の子にもモテモテで……。いいところを全部弟に持っていかれた感じ。でも、姉弟仲は悪くはない。

【ダメ。仕事いつ終わるかわからないから】

即断ると今度は電話がかかってきて、慌てて司さんの腕から抜け出し、寝室を出た。

「ちょっと、朝忙しいんだから電話してこないでよ」

司さんがまだ寝てるのに、なにをしてくれているのか。

声を潜めて文句を言うけど、弟は構わず自分の都合を押しつけてくる。

《これから新幹線で移動するから忙しいんだよ。新幹線の中で仕事もしたいし》

相変わらずマイペース。大学受験の時も『東京の大学も受けるから、三日間泊めて』と突然私のアパートにやってきた。ちなみに弟は地元の医大に進学。

「とにかくダメ。ホテルに泊まればいいでしょう？　高給取りなんだから」

《まだペーペーでそんなもらえないって。東京のホテル高いし、かわいい弟、一晩泊めるくらいいいじゃないか》

自分で『かわいい』と言ってしまうところが弟らしい。

「もうかわいいって年じゃないでしょう？　私のアパートは狭いし、ベッドひとつしかない――」

「雪？　なにしてる？」

ガチャッと寝室のドアが開いて司さんが顔を出したので、咄嗟に「あっ」と声をあげた。

「あの……弟から電話がかかってきて、もう終わったところ」

あたふたして電話を切りながら司さんに説明するが、またしつこく弟から電話がかかってくる。

「出なくていいのか？」

「いいの。弟、長電話だから」

今出たら、司さんのことを弟に根掘り葉掘り聞かれてしまう。

「弟がいるなんて知らなかったな」

「ひとつ下なんだけど、小さい時はかわいかったのに、今はやたら態度がでかくなっちゃって……」

「へえ、会ってみたいな」

司さんの何気ない言葉に、パニクる。

弟には絶対に会わせてはいけない。うちの家族に司さんのことを話されたら困る。そしたら結婚しないのとか親から絶対に電話がかかってくるはずだ。

「いや……会ったらいろいろ厄介だから。つ、司さんは寝てなくていいの？」

話を変えると、司さんは乱れた前髪をかき上げ、パジャマのボタンを外しだす。

「俺、今日は朝早いんだ。シャワー浴びるけど、雪も一緒に浴びるか？」

「え、遠慮します」

一緒に浴びたら絶対に遅刻する。

首を左右に何度も振って拒否る私を見て、司さんがフッと笑う。

「なんで敬語？　そのうち強制連行するから」

チュッと私にキスをして、彼はスタスタとバスルームに入っていく。

その姿を見送ると、床にしゃがみ込んだ。

「もう朝から甘すぎ……って、こんなことしてられない。早く着替えて準備しないと」

寝室に戻って、司さんが用意してくれた服に着替える。

何着かあったけど手に取ったのは、一番目を引いた白と黒のチェック柄のワンピース。着てみるとサイズはピッタリだった。

「これ一着で私の一カ月分のお給料が飛んでいきそう」

なにかお礼しないとな。

その後、シャワーから出た司さんと朝食を食べて、彼より先にマンションを出る。

スマホを見たら、弟からメッセージが何件も届いていた。

【さっきの男性の声なに？　彼氏？】

【大人な感じの声だったけど、同棲してんの？】

新幹線に乗るんじゃなかったの？

【テレビの音だよ】

溜め息をつきながらそんな文面を打ち込むと、すぐに返事が来た。

【雪って名前呼んでた】

……うるさいつっこみだ。

【ドラマだよ。じゃあ、私も仕事あるから】

一方的に終わらせて、スマホをバッグにしまう。まだメッセージが来ていたが、無視して駅に向かった。

電車に乗って会社に着くと、工藤くんに会った。

「おはようございます。朝井さん、今日はドレッシーな感じですね。どこか行かれるんですか？」

「おはよう。そんな予定はないよ。き、気分転換」

彼氏でもない男性が用意してくれた服とは言えない。

笑顔を作ってそんな説明をすると、爽(さわ)やかな感じで褒められた。

「そうなんですか。似合ってていいですよ」

工藤くんって普段オーラ消してるけど、イケメンだし、気配り上手で女性にモテそう。

「ありがと」

そんな会話をしてオフィスに行くと、他の編集部のメンバーも「今日の服素敵」と褒めてくれた。

嬉しいが、気持ちは複雑。私の他にも服をプレゼントした女性は過去にいっぱいいるんだろうな……って、余計なことを考えてしまう。ペットでもいいから付き合ってと頼んだのは私なのにね。

彼が大学時代、モテていたのは知っている。この程度で落ち込んじゃいけない。

気持ちを切り替えて自席に着くと、スマホをデスクに置き、仕事に取りかかる。

今日は原稿の最終チェック。文字の漏れや間違いがないか目を皿のようにして確認する。特に登場人物の名前は要注意だ。たまに今までのチェックを漏れて間違った名前のままになっているものがあったりするので、絶対に気が抜けない。

プリントアウトした原稿を読んでいると、隣の席の工藤くんが「あちゃー」と溜め息交じりの声を出す。

「どうしたの？」

「イラストレーターの苺のタルト先生が骨折して入院したそうで、十月刊のイラスト無理だってメールが来て」

「ラフ画もまだだったよね？」

「はい。今から別のイラストレーター頼んでたら間に合わない。参ったな。一カ月発売遅らせた方がいいかな」

「シルク先生は仕事速いよ。今回の作品のイメージに合ってると思うし。聞いてみてあげようか？　どっちみち新たに絵師さん手配しないといけないし」

「お願いします」

工藤くんが手を合わせて頼んできたので、すぐにシルク先生に連絡を取ると、ちょうど今スケジュールが空いていて引き受けてくれるとの話だった。

シルク先生の初めてのイラスト本を私が担当したこともあって、いろいろ無理なお願いも聞いてもらえる。

「工藤くん、オッケーだって。すぐにシルク先生にイラストイメージ送って」

手でオッケーサインをしながら工藤くんに知らせると、彼がホッとしたような顔で礼を言う。

「了解です。さすが先輩。今度美味しいイタリアンご馳走させていただきます」

「ふふっ、楽しみにしてるよ」

笑って返して自分の仕事を進めていく。人が相手の仕事なので、こういうトラブルはよくある。

校了を終えてフーッと息を吐くと、背伸びをした。

「あ〜、終わった」

「お疲れさまです。僕も校了終わったんで、なにか食べに行きます？」

「うーん、今日はやめておくよ。二日連続で外食すると、疲れちゃうから」

弟からは若年寄とからかわれるくらい私は体力がないから、連日の飲み会などは控えている。

何気なくスマホを手に取ったら、弟だけじゃなく、司さんからもメッセージが来ていた。弟のは後回しにして、司さんのメッセージをチェックする。

【今、うちに雪の弟が来てる。今日もうちに来るだろ？】

その文面の下には、司さんの家のリビングでビールを飲みながらカメラ目線でピースサインをする拓海の姿。

え？　え？　なんで～！

【どうして弟が司さんの家に？】

あまりに動揺していてスマホを打つ手が震えた。

【学会で会ったから連れてきた。泊まるとこないって言ってたから】

ああ～、司さんも医者だもの。拓海と同じ学会に出ていてもおかしくない。

今日は家に帰って溜まった洗濯物を片付けようと思ったのに……。

【そっちにいきます】

漢字変換する余裕もなく返事を打つと、私のスマホの画面が見えたようで工藤くんが目を楽しげに光らせる。

「おっ、イケメンの写真。誰ですか？　なんか朝井さんに似てますね」

「弟なのよ。帰らなきゃ！」

工藤くんはもっと話したそうだったけど、気にしていられなかった。

バッグを持ってオフィスを出ると、真っ直ぐ最寄り駅に行って電車に乗る。

拓海のメッセージも確認するが、青ざめずにはいられなかった。【岡本司先生に会ったよ】という文面と共に、司さんとのツーショット写真が送られてきていたのだ。

ふたりともスーツ姿だから、恐らく学会で撮ったものだろう。

「ああ……面倒なことになった」

額に手を当てながら呟いて、電車を降りると、司さんのマンションへと急ぐ。

私がいないところで弟が余計なことを言っていないだろうか。

弟は学会で司さんに会ったことで、電話から聞こえた男性の声が彼のものだってわかったはず。司さんも私のことを拓海にどう説明しているのだろう。

考えるだけで怖いんですけど……。

マンションに着くと、司さんの部屋の前でハーッと息を吐いた。走ったせいなのか、それともハラハラしすぎなのか、胸が苦しい。

一瞬迷ったが、合鍵は使わずインターホンを鳴らした。

「おかえり」

司さんがすぐにドアを開けてくれたけど、その第一声に戸惑う。

「た、ただいま……？」

ジーッと司さんの顔を見ていたら、笑われた。

「なにボーッとしてる？　早く上がったら？」

「あっ、うん。あの……弟がごめんなさい。すぐに連れて帰るから」

返事をしながらパンプスを脱いで上がる。

「それは許可できないな。拓海くんは俺が連れてきた客だから」

「あの……学会でどうやって知り合ったの？」

「会場で拓海くんが脳神経外科の発表してたんだよ。朝井って名字でおまけに雪に顔が似てたから、名刺交換して、そこから話がはずんだんだ」

「……そう」

その場にいなくても、司さんの話を聞いただけで想像できる。

弟は朝の電話の件もあって、驚くというよりは獲物をゲットした気分だっただろう。

弟に私たちの関係をどう説明したのか司さんに聞きたいところだけど、怖くて聞けない。

司さんと一緒にリビングに行くと、ソファに座りお寿司をつまんでいた弟がご機嫌な様子で声をかけてきた。

「姉ちゃん、久しぶり。姉ちゃんも食えば？　寿司うまいよ」

サラサラのダークブラウンの髪に鋭角的な顔立ち。背も司さんくらいあって、小さい頃からモテモテだった拓海。

まるで自宅のように寛（くつろ）ぐ弟を見て、軽く目眩（めまい）がした。

「もう、人様の家で主のように振る舞わないで」

額に手を当てて注意すれば、拓海はまったく反省せずに返す。

「司さんが自分の家だと思っていいからって」

「真に受けないでよ。少しは遠慮しなさい。な、なんで司さんの家にお邪魔しちゃうのよ！」

弟に振り回され、頭も混乱しているせいか、ついつい感情的になってしまう。

「だって、姉ちゃんここ二年ほど実家に帰ってこないし、姉ちゃんの相手がどんな人か知りたいって思うじゃないか。一応俺なりに心配してるんだけど」

楽しげに目を光らせる弟をキッと睨みつけた。

「おもしろがってるの間違いじゃないの？」

「ほら雪も座って寿司食えば？　まだ食べてないんだろ？　飲み物はなにがいい？」

「え？　ウーロン茶を。あの……私、自分で入れるから」

私を宥めるように司さんが間に入ってきてハッとする。

「いいよ。雪は座ってて」

司さんに両肩を押さえられて、仕方なく拓海の横に腰を下ろす。

「雪……ね。なんか大人な感じでいい人じゃないか、司さんて。しかも岡本総合病院の御曹司だし。それにしても、俺が憧れてるスーパードクターが姉ちゃんの彼氏なんて、いやあ世間は狭い、狭い」

「からかわないで。拓海……脳外科に決めたの？」

しばらく実家にも帰ってなかったから、弟の専門がなにか知らなかった。姉妹ならいろいろ話すのだろうけど、姉と弟という関係だとそう頻繁に連絡は取らない。

「そう。姉ちゃんには言ってなかったけどな」

「まあ頑張りなさい。あと、司さんのことはお父さんたちには絶対に言わないでよ」

空気よりも口が軽い拓海に釘を刺すと、弟は急に表情を変えて真っ直ぐ私を見据えてきた。

「どうして？　紹介すれば喜ぶと思うけど。それに姉ちゃん、来年三十だぞ。昔は早く子供欲しいって言ってたじゃないか」

弟の発言を聞いて赤面せずにはいられなかった。

「あ、あのねえ、子供って……勝手にそうポンポン――」

「なに、子供って？」

司さんがウーロン茶を手に戻ってきて口を噤むが、弟が余計なことを言い出した。

「ああ、姉もそろそろいい年……んぐっ!?」

「なんでもない。弟がちょっと酔っちゃって」

慌てて弟の口を手で塞いで、司さんにニコッと微笑む。

「そう。まあ酔ってもあとは寝るだけだし、問題ない。それにしても姉弟仲がいいな。俺はひとりっ子だから羨ましい」

「うちの姉ならいつでもあげますよ……痛てて！」

またとんでもないことを言うので、拓海の腕をギュッとつねった。

「拓海、今すぐタクシー呼んで群馬に帰ってもらうわよ」

「怖い、怖い。ちゃんといい子にしてるから」

私の脅しもまったくきいていないようで、弟はヘラヘラ笑っている。

すると、私の横に座った司さんが優しく目を細めた。

「なんか新鮮だな。雪がお姉さんって。ずっと雪は妹ってイメージだったから」

「そういえば大学のサークルの後輩だったたって言ってましたね。だから妹のイメージなのかな？　まあ、俺もひとつ違いだからか、姉がたまに妹に思えちゃう時ありますけど」

司さん、拓海に私のことをどこまで話したの？

拓海の話を聞いて青ざめていると、司さんが私を見つめながら拗ねるように言う。

「それ昨日知った情報。君のお姉さんは結構秘密主義でね。弟がいるのも今朝知った」

「もうその話はいいよ。いただきます」

あまり私のことを話題にされたくなくて箸を手に取ったら、拓海がどこか恩着せがましく言ってきた。

「姉ちゃんの好きないくらと中トロ取っておいてやったよ」

「何様なのよ……あっ⁉」

実家にいるのと同じ感覚で拓海に文句を言うが、途中で司さんの視線にハッと気づいて、「ごめん」と彼に謝った。

「いいよ。久しぶりに会ったんだからゆっくり弟と話せばいい。俺も普段見ない雪を見られて楽しいから」

「司さん……」

穏やかな目で微笑んでいる司さんはホント大人だなって思う。図々しい弟を見ても嫌な顔ひとつしない。

「一応俺もいるんで、見つめ合うのは遠慮してもらえると」

弟がニヤリとしながらそんな茶々を入れてきたものだから、ついカッとなって言い返した。

「拓海は図々しすぎるのよ」

なにか粗相をする前に拓海を連れてお暇した方がよさそうだ。

私も弟がいると、調子が狂ってしまう。

「いいんだよ。拓海くんがいれば、雪だって今日うちに泊まるだろ?」

私の考えを読んでいるのか、司さんが企み顔で言ってきてあたふたする。

「それは……その……」

「姉ちゃん、俺もう酔ってて動けないなぁ」

全然赤くない顔で言われても説得力がないのだけれど、二対一ではなんとも分が悪く、弟をうちに連れて帰るのは諦めて司さんに礼を言う。

「ごめんなさい。迷惑かけちゃって」

「迷惑だなんて思ってない。拓海くんにうちの病院に来ないかって口説いてるところだから」

司さんの話に驚きの声をあげる。

「え? 拓海を?」

「今、医師の勤務体制を見直していて、リクルートを強化してるんだ」

確かに司さんを含め、お医者さんに休みはない印象だ。休日も呼び出されるし、医者になってからも日々勉強。

「俺、優秀だしね」

「少しは謙遜しなさいよ」

優秀なのは事実なので否定できず、ギロッと睨みつけながら注意すると、司さんがクスッと笑った。

「そういうとこ気に入ってるし。今日の拓海くんの発表もよかった」

ふたりが学会の話を始めて、自分にはわからない話だったからか、ちょっと気が抜けた。

なんだか司さんと拓海が仲良く話しているのが不思議。

黙々とお寿司を食べていたら、だんだんと眠くなってきて……。

「雪、寝てる？」

司さんに聞かれ、ボーッとした頭で答える。

「ん？　……寝てない」

「いや、もう俺に寄りかかって寝てるよ」

拓海がそんなつっこみをしてきたけど、「寝てない」と司さんに返したのと同じ言葉を繰り返す。

「ちょっと寝かせてくる」

司さんの声がしたかと思ったら、ふわっと身体が浮くのをなんとなく感じた。

ゆらゆら揺れてなんだか気持ちいい。

弟の上京騒ぎで振り回されたせいか、そのまま眠りに落ちた。


「う……ん」

目を開けると、周囲が暗かった。

微かに間接照明がついていてムクッと起き上がれば、ベッドにひとりで寝ていた。

ここは司さんの寝室。

「……嘘。寝ちゃった」

司さんが運んでくれたのかな？　拓海はどうしたんだろう？

ベッドサイドの時計を見ると、午前零時を回ったところだった。

ベッドを出ようとしたら、ドアがガチャッと開いて司さんが寝室に入ってきた。

「あれっ、起きたのか？」

「ごめんなさい。寝ちゃって。拓海は？」

「ああ。もう風呂入って、ゲストルーム案内したとこ」

「……そう。迷惑かけちゃってごめんね。服も着替えないといけないし、ちょっとシャワー浴びてくる」

ついでに拓海の様子も見てこよう。

司さんにそう告げて寝室を出ると、廊下で拓海に会った。手には歯ブラシを持っている。

「あっ、姉ちゃん起きたんだ？」

私に気づいた弟に、ついついしつこく確認してしまう。

「うん。なにか粗相してないわよね？」

「大丈夫。仕事の話をしてただけだよ」

フフッとどこか謎めいた微笑を浮かべた拓海を見て不安になるが、追及したところで私には言わないだろう。

「明日帰るの？」

予定を確認すると、弟はコクッと頷いた。

「ああ。明日の夕方、学会が終わったら新幹線で帰るよ」

「お父さんたちにはなにも言わないでよ」

司さんの存在を知ったら、母が電話をかけてくるかもしれない。ただでさえ実家に電話をかけると、『そろそろ結婚を考えなさいよ』とうるさく言われるのだ。

「ホント信用ないな。俺、これでも口堅いんだけど」

苦笑いする拓海を疑いの眼差しで見る。

「どうだか？　明日も学会なら早く寝なさい。私もシャワー浴びて寝る」

「姉ちゃん、俺的には司さんが義兄になってもいいと思うよ。将人は結構優柔不断なとこがあるし。じゃあ、おやすみ」

拓海はポンと私の肩を叩いて、ゲストルームに入っていく。

将人というのは、実家の隣に住んでいる幼馴染で、私が中学の時に片思いしていた相手だ。私も彼も未婚だから周りが結婚を勧めてくることもある。

以前帰省した時に将人のお母さんに、『雪ちゃんがうちにお嫁に来てくれたら嬉しいわ』と言われた。うちの母親も直接的には言わないけど、『将人くん、こないだ雪は元気にしてますか？って聞いてきたわよ』となにかと将人の話をする。

どうしてみんな放っておいてくれないのだろう。周りはなにも状況を知らずに好き勝手言って……。

ハーッと溜め息をつきながらバスルームに行き、服を脱いでシャワーを浴びる。

私だって結婚できるものなら、今すぐ司さんと結婚したい。

でも、結婚の話題を出したら、即彼は私を切り捨てるかもしれない。

実際、大学の時に、司さんの奥さんになると豪語していた先輩が司さんにこっぴどく振られたという噂を耳にした。だから彼には結婚の話は絶対にしない。私も自分の願望を押しつけないよう細心の注意を払っている。

彼のそばにいられるだけでいい。たとえペットのような存在であっても……。

シャワーから出てバスローブを羽織り、ドライヤーで髪を乾かしていたら、司さんがバスルームに入ってきた。

「あっ、シャワー浴びる？　どうぞ」

ドライヤーを置いてすぐにバスルームを出ようとしたら、彼に腕を掴まれた。

「浴びるけど、その前にちょっと充電しておきたい」

「充電？　ああ、電気シェーバー？」

「違う」

妖しく司さんの目が光ったかと思ったら、彼が私の頭を掴んでキスをする。

「ん……んん！」

くぐもった声をあげながら瞠目する私を見て、彼がニヤリとする。

「ちょっ……待って、拓海が――」

司さんの胸に手を当て止めようとする私の唇を今度は完全に塞いできて、最後まで言い切れなかった。

こんなの……ダメ。拓海がいるのに……。万が一見られたら恥ずかしい。

激しく動揺する私に構わず、彼はついばむように口づけてくる。

触れ合う唇。

止めなきゃ……と、理性を総動員しようとするも、彼の柔らかい唇に翻弄される。

下唇をゆっくりと甘噛みされて、次第に身体から力が抜けていく。

恍惚となっていたら、不意にドアの向こうから拓海の声がした。

「姉ちゃん、言い忘れてた。明日六時半に起こして」

ハッと現実に戻って拓海の名を呼ぼうとしても、口を塞がれていて「んんみ……」

としか声を出せない。

「姉ちゃん？　聞いてる？」

私が返事をしないのを訝しく思ったのか拓海がそう聞いてくると、司さんがよう

やく私の唇を解放した。

「いいよ。返事して」

その目は悪戯っぽく笑っている。

「……き、聞いてる」

ハラハラしながらなんとかそう返すが、耳朶を甘噛みされて「あん……」と思わず声を出してしまう。

拓海がなにか異変に気づいたようで、声色を変えて聞いてきた。

「姉ちゃん？ どうかした？」

「な、なんでもない。ドライヤーが熱かったからビックリしただけ」

喘ぎそうになるのを必死に抑えてそう取り繕うと、弟が少しホッとした声で告げる。

「気をつけろよ。じゃあ、明日はよろしく。おやすみ」

またなにか言われるかと気が気じゃなかったが、もう弟の声はしない。

「よかったな。バレなくて」

ククッと笑って司さんは私の前で素早く服を脱ぎ、「シャワー浴びてくる」と告げて浴室に消える。

「司さん、もう！」

拓海にバレたらどうするつもりだったの！

浴室のドアを睨みつけて、声を抑えながら彼に文句を言った。

一緒に住めば問題解決 ― 司side

俺の腕の中でぐっすり眠っている雪の肩に手を置いて声をかけると、彼女がうっすら目を開けた。

「雪、雪」

「……ん？」

まだ焦点が合っていない彼女をジーッと見つめて時間を知らせる。

「もうすぐ六時半だけど、そろそろ起きなくて大丈夫か？」

「六時半？　嘘！　あっ、拓海起こさなきゃ……キャッ!?」

時間を聞いて慌てて起き上がった彼女の頭を強引に掴んで目を合わせる。

「起こしてやったのに、ご褒美はなしか？」

暗にキスをねだると、彼女の頬がピンクに染まった。

「あの……目、瞑(つぶ)っててもらっていい？」

上目遣いにお願いしてくる雪がかわいくて、素直に言うことを聞かずに理由を尋ねる。

「どうして？」

「だって……私からするの恥ずかしい」

少し俺から視線を逸らす彼女に、さらに聞く。

「なにをしてくれる？」

「もう……キスだよ」

照れつつも、彼女は俺の唇に軽く口づける。

本当に微かに触れた程度。だが、これが彼女の精一杯のキスなのだろう。

「次はもっと濃厚なのがいいな。拓海くんを起こすなら、バスローブの紐直しておけよ」

クスリと笑って注意したら、彼女があたふたした様子で返す。

「わ、わかってる！」

ぎこちない動きで俺から離れると、はだけたバスローブの紐を結び直し、彼女は寝室を出ていく。

昨夜は拓海くんがいたから彼女を抱きはしなかったが、触れるのは我慢できず、バスルームでキスしてしまった。

拓海くんと彼女が親しげに会話をするのを見て、平常心ではいられなかったんだ。

拓海くんの前だと、彼女は俺の知らない姿を見せる。

弟を睨みつけてかわいく怒る雪。そこに遠慮はない。それだけ、彼女は心を許しているということ。

……だからかな。ちょっと拓海くんに嫉妬した。

弟だとわかっていても、ふたりの親密なやり取りが羨ましく思えたのだ。

昨日学会で彼に会ったのは、なにか運命的なものを感じる。

『小児悪性腫瘍において……を投与し、ワンクールで三十パーセントの腫瘍が減少……、ツークールで……これらの症例によりメカニズムを解明できました』

ある若手脳外科医の発表に、周囲の医師たちが熱心に耳を傾けていた。

俺もそのひとりだったが、気になったのは医師の名前と顔。

朝井拓海。名字が雪と同じだ。それに目元も彼女によく似ている。

ひょっとしたら雪の弟？　これはただの偶然だろうか？

今朝、雪が弟と電話で話していた。ひとつ下と言っていたし、彼も三十歳くらいの年齢に見える。

今日の発表が終わると、会場の右端にいた彼に声をかけた。

『はじめまして。岡本総合病院の岡本司です。今日の発表、とてもよかったですよ』

名刺を取り出して挨拶すれば、彼は驚いた顔をしながらもすぐに相好を崩して名刺を受け取る。

『岡本先生からお声をかけてくださるなんて光栄です。ずっと会ってお話ししたいと思っていました。専科を決める時にたまたま先生の論文を読んで感銘を受けて、僕も脳外科医になろうと決めたんです』

キラリと目を輝かせながら自分の名刺を渡してくる彼の目を見て、やはり雪に似てると確信する。

『そうなんですね。朝井先生のような優秀な方が脳外科医になってくれて私も嬉しいですよ。あの……つかぬことをお尋ねしますが、ご兄弟はいますか？』

『え？』

俺の質問に彼は一瞬呆気に取られた様子だったが、少し警戒した声で聞き返してきた。

『姉がひとりいますが、……ひょっとして姉をご存じなんですか？　雪という名前なんですけど』

『ええ。実は雪さんとお付き合いさせていただいています』

ニコリと笑って答えれば、彼がなにか思い出したように小さく声をあげた。

『あっ……じゃあ、今朝の電話の声は岡本先生？』

『司でいいですよ。それは多分私です』

『相手がまさか岡本先……司さんだったなんて……。僕のことは拓海と呼んでください。身近に朝井がふたりいては区別しづらいでしょうから』

ニコッと太陽のように微笑む彼は、目は雪にそっくりでも性格は違ってみえた。

『時間があるならラウンジで話しませんか？』

挨拶だけで別れたくはなくてお茶に誘えば、彼も乗ってきた。

『ぜひ。姉とのこと聞きたいです』

それからラウンジでコーヒーを飲みながら雪の話をしているうちに打ち解けてきて、互いに口調も砕けた。

『……へえ、一年も付き合ってるんですか。姉ちゃん全然話さないから知らなかったな。ちなみにどちらから告白したんですか？』

興味津々といった顔で尋ねる拓海くんに、コーヒーを口に運びながら笑顔で返す。

『そこは想像に任せるよ』

俺にとっては大事な思い出だし、軽々しく口にしたくなかった。

『なるほど。口が堅いですね』

『雪とは連絡取り合ってるの？』

『いえ、今朝も久々に連絡してみたんですよ。まあ元気にしてるのかの確認も兼ねて泊めてって頼んだら、冷たく断られましたけど』

『じゃあ、うちに泊まればいい』

　そんな感じで話が進み、彼を俺のマンションに連れてきたのだ。

　雪は今日は自分のアパートに帰るつもりだろうが、弟が俺の家に泊まると知れば、予定を変えるに違いない。

　雪に拓海くんがうちにいるとメッセージを送ると、彼女は【そっちにいきます】と返して、息せき切ってやってきた。

　鍵を渡してあるのにわざわざインターホンを鳴らしたのは、やはり俺への遠慮があるからか？

『おかえり』

　いらっしゃいと言わなかったのは、雪に自分の家だって思ってほしかったから。

『た、ただいま……？』

　ちょっと混乱した様子でそう返す彼女がかわいい。

なんだろう。服も自分が選んだものを着ているし、こうしてうちに帰ってきたし、なんだか幸せな気分。おまけに今日は拓海くんというゲストもいる。

寿司を食べながらふたりのやり取りを見ていたが、普段とは違う雪が見られておもしろかった。

『姉ちゃん、久しぶり。姉ちゃんも食えば？　寿司うまいよ』

リラックスした様子で寿司をつまんでいる弟を前にして、雪が額に手を当てて呆れ気味に返す。

『もう、人様の家で主のように振る舞わないで』

『司さんが自分の家だと思っていいからって』

雪の注意も意に介さず、拓海くんはビールを口にしながらニコッと笑った。

『真に受けないでよ。少しは遠慮しなさい。な、なんで司さんの家にお邪魔しちゃうのよ！』

半ばパニックになりながら怒る雪を見ても、彼は平然と受け流す。

『だって、姉ちゃんここ二年ほど実家に帰ってこないし、姉ちゃんの相手がどんな人か知りたいって思うじゃないか。一応俺なりに心配してるんだけど』

完全に彼の手のひらの上で雪が踊らされてる。でも、そこにはちゃんと愛がある気がした。なぜなら雪を見つめる拓海くんの目がとても穏やかだから。

子供みたく好き勝手やっているように雪に見せてはいるが、俺の前では遠慮しすぎず、それでいて節度をちゃんと守った振る舞いをしている。相手との距離の詰め方がうまいし、頭がいいんだろう。

やっぱり……彼、うちの病院に欲しいな。

じっと拓海くんを見てそんなことを考えていたら、また雪がムキになって彼に言い返す。

『おもしろがってるの間違いじゃないの？』

ギロッと拓海くんを睨みつける雪は、とても新鮮だった。

俺の方が年上ということもあってか、彼女は俺に対して本気で怒ることはまずない。

家族だから当然なのかもしれないが、ふたりの間には壁がない。

最初はそのやり取りを微笑ましく思って見ていたのだが、雪がうとうとしだすとそんな余裕もなくなった。

『雪、寝てる？』

拓海くんと仕事の話をしていたら、雪の目がトロンとしてきて声をかける。

『ん？ ……寝てない』と答えながら、彼女はズズズッと拓海くんの方に身体を寄せて目を閉じた。

『いや、もう俺に寄りかかって寝てるよ』

拓海くんが苦笑いしながら雪に言うが、その目はとても優しくて、弟だとわかっているのに胸がもやっとした。

『ちょっと寝かせてくる』

雪を抱き上げて、寝室へ運ぶ。

弟の隣で眠る彼女を見て嫉妬するなんて、俺ってどんだけ独占欲が強いんだと呆れる。

最近思う。もう彼女なしでは生きていけないんじゃないかって……。

土曜の午後、仕事が終わって家に帰るのが楽しくなっていた。雪が来るとわかっているからだ。

だが、彼女との週末が終わると、急に家が寂しくなる。

帰っても誰もいない家。少し寝たら、また出勤して、手術して……その繰り返し。

週末雪に会うためだけに頑張って仕事をしているような気がする。

静かに雪をベッドに下ろすと、彼女の唇にそっと口づけた。

誰にも渡したくない。彼女と一緒に暮らしたい。

日に日にその思いが強くなってくる。だが、自分の生い立ちがその思いの邪魔をする。

愛を知らず育った俺が、一生彼女を愛し続けられるのか？

彼女が俺に気持ちを押しつけてこないから一緒にいるだけじゃないのか？

本物の愛って……なんなんだ？

自分に問いながら雪から離れると、リビングに戻った。

ソファに座る俺に、拓海くんがどこかホッとした顔で言う。

『大事にされてるみたいで安心しました。盆も正月も帰ってこなくて悪い男に捕まってるんじゃないかって心配してたんですけど』

あー、いろいろと覚えがある。

長い休みが取れるのは盆と正月だけだから、雪を旅行に連れていったんだよな。

いつも予定をドタキャンしているお詫びでもあったし、俺も彼女とゆっくり過ごしたかったのだ。

『まあ確かに悪い男だな』

フッと微笑して認めれば、拓海くんも楽しげに笑った。

『僕を餌（えさ）にして姉を家に誘ってましたね』

俺がうちにいる証拠として拓海くんの写真を撮り、それを雪に送りつけたことを彼は知っている。

『普段泊まれって言っても、仕事を理由に平日はなかなか来てくれないんだよ』

『ああ。そういうとこ真面目なんですよ、昔から。仕事もプライド持ってやってるみたいだし』

拓海くんの言葉に頷いて、小さく微笑む。

『確かに。頑張ってる』

実は密かに彼女が編集した本をスマホで読んでいる。作家が書いた文章をチェックするだけでなく、本の売り出し方も決めてプロデュースするようだから、医者とはまた違った忙しさがあるだろう。

多分土曜だって、雪は俺が帰ってくるまで仕事をしているに違いない。

『僕が医者になったのって、姉がきっかけだったんですよ。進路で悩んでたら、姉が親友のために自慢だった髪をバサッと切ってヘアドネーションして。僕も病気の人のためになにかできないかなって思って医者になって……。本人を前にしては言えないけど、姉ちゃんには幸せになってほしいんです』

雪を大事に思っているのが伝わってくる。

『兄弟はいないけど、その気持ちわかるよ』

『なんか……勝手なこと言っちゃってすみません』

『謝らなくていい。心配かけてる原因は俺だから』

『あの……誤解のないように言っておきますが、決して結婚を急かしているわけじゃないんです。男女の関係はそんな簡単にうまくいかないし、司さんは病院のことだってある。姉が幸せなら別に結婚なんてしなくていいんです。親父とかはうるさく言うでしょうけど』

結婚しなくていいと言われてしまうと、なんだか胸がチクッとする。

『親父さんに会ったらぶん殴られそうだな。娘をたぶらかすなって』

『まあ、うちの親父、校長先生なんで結構怖いですよ』

『へえ、そうなんだ？』

校長先生とは……。雪は自分のことを全然教えてくれないから、彼をうちに泊めて本当によかったと思う。

『ちなみに母も学校の先生です。学校の先生って家に帰ってもテストの採点とかあって忙しいから、中学くらいから姉がご飯とかお弁当作ってくれたんですよ』

拓海くんがどこか誇らしげに語る。

『道理で料理がうまいわけだ』
うちにいる時は、よく彼女が料理を作ってくれる。
『家庭料理なんて食べたことなかったから、雪の料理はすごく感動したんだ』
『え？　家庭料理食べたことなかったんですか？』
俺の話に彼がかなり驚いたものだから、クスッと笑った。
『うちの母親は料理を一切しない人だったから』
家政婦さんが作ってくれていて、母親のエプロン姿は見たことがない。
『そうですか。あの……姉のぶり大根食べました？』
『ああ。俺の大好物だ』
クスッと笑みを浮かべて言えば、拓海くんがニコニコ顔で言う。
『母さんのより姉の方が味がしみててうまくて、たまに食べたくなるんですよ』
『へえ』
それだけ母親の代わりに料理をしていたのだろう。
『家庭の味が姉の味になってて』
ちょっと照れくさそうに雪のことを語る彼を見ていると、なんだかほっこりした。

「司さんは今日朝早いの？」

雪が寝室に戻ってきて、ハッと我に返る。

「ああ。今日も学会。拓海くんと一緒に家を出るよ」

「じゃあ、すぐに朝食の準備するね」

ベッドを出ると、ニコッと微笑む雪の頬にチュッとキスをした。

すぐに服を着替えて身支度を整え、雪とキッチンで朝食の用意をする。

「俺も手伝うよ」

「ご飯炊いてないから冷凍のパンにオムレツかなぁ」

雪が冷蔵庫を見ながら呟いている横で、俺はカトラリーを三人分テーブルに並べ、コーヒーとサラダを準備する。

雪がオムレツを作っていると、拓海くんがリビングに現れた。

「おはようございます。僕もなにか手伝いますよ」

バッグをソファの近くに置いてダイニングに移動してくる彼に、「いいよ。座ってて。もう準備できるし」と雪の様子をチラッと見て笑顔で声をかけた。

「すみません」

拓海くんが恐縮するように言って、リビング側の席に座る。

オムレツやオーブンで焼いたパンなどをテーブルに並べ、俺も雪と向かい合って席に着いた。ちなみに雪の隣が拓海くんだ。

いただきますをして食べ始めると、彼が破顔する。

「やっぱり姉ちゃんのオムレツうまいわ」

「褒めてもなにも出ないよ」

弟の賛辞に雪は淡々と返す。

「このオムレツで充分だよ。むしろ俺がお礼しないとな」

拓海くんの言葉を聞いて、雪が箸を止めた。

「その発言なんか……怖いよ」

「失礼だな。これやるよ」

拓海くんがスーツのポケットから小さな封筒を取り出して雪に手渡すと、「なに？」と言いながら彼女が封筒の中を確認した。

「あっ、図書カード」

パッと目を輝かせる雪の反応が予想通りだったようで、拓海くんはニヤリとする。

「姉ちゃん本好きだからな」

「ありがとう、拓海。嬉しい」

「どういたしまして」

優しく微笑む拓海くんとはにかみながら喜ぶ雪を見ていると、羨ましく思えた。

なんていうか互いの愛情を感じる。うちの家族にはないものだ。

「俺がクリスマスにネックレスをあげた時よりも嬉しそうだな。全然つけてくれてないし」

わざと拗ねてみせたら、雪が慌てて否定する。

「そんなことない。なくしたら大変だと思って大事にしまってあるの」

「しまってどうする？　つけないと買った意味がないだろ？　なくしたら、また新しいのプレゼントするから」

呆れながらつっこむと、拓海くんも引き気味に雪に注意する。

「姉ちゃん、さすがにそれはないわ。つけてもらった方がプレゼントした方は嬉しいんだよ。図書カードもちゃんと使えよ」

「……はい、ごめんなさい」

しゅんとしながら謝る雪を見ると、俺は拓海くんと目を合わせ微笑んだ。

朝食を終え後片付けをしていたら、リビングでなにか書類を確認していた拓海くんが「あっ！」と声をあげる。

「ごめん！　姉ちゃんのバッグ、中身ぶちまけた」

バッグの中身を拾い集めながら、俺の横でテーブルを拭いている雪に向かって謝る。

「ああ。いいよ。私が後で拾うから」

「いや、いい。俺がやる。でも、全部あるか後で確認して……って、なに？　この封筒？　結婚式の招待状……」

招待状を眺める拓海くんを見て、雪が顔色を変えて彼を注意する。

「こら……勝手に見ないでよ！」

「悪い。俺の知ってる人かと思って。これ来月じゃないか。しかも、今学会をやってるホテル。それに……なんの運命の悪戯か」

拓海くんは招待状を取り戻そうとする雪の手をかわし、意味深な言葉を呟く。

「なにをわけがわからないことを言ってるの。拓海には関係ないわよ。会社の同僚の結婚式」

拓海くんから雪は招待状を奪い返し、すぐにバッグに入れた。

「へえ、雪の会社の人が結婚するんだ？」

結婚式の件に俺が触れると、彼女は少し気まずそうな顔をして話題を変える。

「同じ編集部の先輩がね。ほらふたりとも、時間ないんじゃない？」

「ああ、そろそろ出ないとな」

「あっ、ホントだ。僕は先に玄関に行ってます」

拓海くんがバッグを持ってリビングを出ていくと、俺はスーツのジャケットを羽織り、雪に目をやった。

「雪は今日はゆっくりでいいのか？」

月曜の朝は慌ただしく出ていくのに、今朝はゆっくりしているように見える。

「今日はアパートに帰って、リモートワークしようかと」

「リモートなら、うちでいいじゃないか」

なぜわざわざアパートに帰る必要がある？

「いや……洗濯物が溜まってて。それに郵便物も確認しないと」

「じゃあ、洗濯物を片付けて郵便物を確認したら、うちに戻ってくればいい」

「でも……一度帰っちゃうと、またここに戻るのは大変というか……」

雪が気が進まなそうに言い訳するので、思わず本音が漏れた。

「二拠点あるのが問題なんだよな」

彼女のアパートは亀戸で、うちからかなり離れている。確かに、往復するのは面倒だろう。一緒に住めば、この問題は解消する。

「え？」

「なんでもない。今日はこれで我慢する」

キョトンとしている雪の頬を両手で挟み、彼女の唇を奪った。

私だって結婚したい

《今年のお盆は帰ってくるの？》

同僚の結婚式に行く準備をしていたら、母から電話がかかってきた。

「うーん、無理かな。仕事もあるし、いろいろ予定があって」

本当は司さんと旅行に行くのだけど、母には言えない。

曖昧に返したら、母の機嫌を損ねてしまった。

《正月もそんなこと言って帰ってこなかったでしょ。いい加減、こっちに戻って結婚したらどうなの？》

ああ。またその話か。

今日は同僚の結婚式で、母からは結婚しろと言われ、もうプレッシャーが半端ない。

結婚の二文字を見ただけで気分が悪くなる。

司さんにも変な気を遣わせたくないから、【週末は用事があって行けない】とメッセージを送った。

長々とした文章は送らない。彼は忙しい人だから。

でも、拓海が招待状を見て騒いでいたので、同僚の結婚式で行けないのは見当がついているかもしれない。

「仕事は東京でやってるの」

結婚には触れずにそう返したら、母が無茶なことを言い出す。

《最近はリモートワークとかあるじゃないの。それに、高崎（たかさき）からなら新幹線で東京に通えるわ》

その高い交通費、どこから出るの？

それに高崎から東京に通うなんて体力的に無理だ。

「簡単に言わないで」

《雪の同級生のみっちゃん、先月結婚したの。近所の咲（さき）ちゃんだって来年結婚が決まってるのよ。あんた来年三十よ。どうするつもり――》

「ごめん。もう出なくちゃ」

このまま話していては式に遅れる。

電話を切ると、スマホをバッグに入れ、鏡を見ながら司さんにもらったネックレスをつけた。

首元にひと粒ダイヤがキラリと光る。

これは去年のクリスマスイブに司さんがプレゼントしてくれたものだ。私にはもったいなくて、傷つかないよう大事にしまっておいたのだけれど、司さんと拓海に注意されてからは毎日つけている。

こういうプレゼントって別れる時は返すものなんだろうか。

最近はそんなことを考えてしまう。

別に司さんに邪険にされているわけではない。

むしろ、彼の家にもずっといるように言われ、大事にされている。

でも、すぐに飽きられたら……？

もし、琴音の結婚パーティーで司さんに相手にされていなかったら、私はどうしていただろう。

仕事一筋で生きていたかも。

でも、いずれ離れることを考えたら、司さんといる楽しさを知らずにいた方が幸せだったのでは……？

多分私は一生結婚できないだろう。司さんと結婚できる可能性はゼロだし、司さん以上に愛せる男性なんてもう二度と現れないに違いない。

ああ……いけない。一度考え出すと、底なし沼に落ちていく。

今日はしっかり同僚を祝福しないと。

アパートを出て、結婚式があるホテルへ向かう。

フロアマップを見て、結婚式の会場を探していたら、思わぬ人物に声をかけられた。

「あれ、雪じゃないか？」

整えられたツーブロックにキラリと光る白い歯。爽やかな高原が似合いそうな清涼感のあるこのイケメンは、実家の隣に住む長谷川(はせがわ)将人。私と同い年の幼馴染で、そして、私が中学時代に片想いしていた人——。

「将人？　え？　どうしたの？」

まさか会うとは思わなくて目をパチクリさせていたら、彼が穏やかに微笑んだ。

「大学時代の先輩の結婚式」

「そうなんだ？　私も同僚の結婚式に呼ばれて来たの」

「ひょっとして同じ式か？　俺の先輩の奥さんも編集者で、名字は確か……」

将人がおもむろにスーツの内ポケットから白い招待状を取り出す。

「玉村(たまむら)さんだ」

「……ああ、同じ式だね。こんな偶然あるんだね」

ビックリして心臓がバクバクしてきた。

会うのは三年ぶりくらいだろうか。年末に帰省した時に玄関先で顔を合わせて、挨拶した程度だったけど……。

「拓海がこないだ東京で雪に会ったって話をしてたから、会えないかなって思ってたけど、本当に会うなんてな。元気そうだな。バリバリ編集者やってるんだろ？」

恐らく弟に私の仕事のことを聞いたのだろう。

「まあ。バリバリとは言えないけど。将人は今なにしてるの？」

「地元の大学で講師やってる」

「へえ、すごいじゃない」

大学院まで行ったのは知っていたが、講師になったとは。将来は教授かな。

「適当なところに落ち着いただけだよ。……会場、こっちみたいだ」

将人が私の腕を掴んで、スタスタと歩き出す。

普段司さん以外の男性に触れられたことがなかったから少々驚いた。

「最近、雪が帰ってこないって、おばさんボヤいてたぞ」

「今朝も電話かかってきて言われた。将人は千里(ちさと)と結婚しないの？」

話の流れで聞いたら、意外な答えが返ってきた。

「もうとっくに別れたよ。大学卒業して、結婚を迫られるようになってぎくしゃくしたっていうか」

「ああ。そうなんだね」

同窓会にもずっと出席していなかったし、地元の友達とも疎遠になってたからふたりが別れたなんて知らなかった。

地元にいると結婚が早い。特に女性は大学を卒業したらすぐ結婚する傾向があるから、千里も焦っていたのかもしれない。

逆に男性の方は就職して仕事のことで頭がいっぱいで、家庭を持つことまで考える余裕なんてないんだろうな。

「今、千里は美容師と付き合ってるらしい」

淡々と語る将人からは、千里への未練を感じない。

考えてみたら、彼女が将人に猛アタックして付き合いだしたのだ。

私も当時のことを思い出しても胸は痛まなかった。もう過去のことで、司さんに出会って将人への思いを完全に断ち切れたんだと思う。

「そう」

「雪は誰かいるのか？　ずいぶんと垢抜(あかぬ)けたけど。拓海に聞いても知らないって言うし」

「……恋人と呼べる人はいないし、結婚の予定もないよ」

パッと司さんの顔が頭に浮かんだが、彼の話はしなかった。

「いそうに見えるけど。高崎には戻ってこないのか？　編集の仕事なら高崎でもできそうじゃないか」

……母と似たようなことを言う。

「会社に行かなきゃできない仕事もあるの」

そんな会話をしてチャペルの前で受付を済ませると、将人に声をかけた。

「じゃあ、私は新婦側だから」

「終わったら、どこかでお茶でもどう？」

「ごめん。用事があるんだ」

本当は用事などないけど、笑顔を作って断る。一緒にお茶をしても、もう彼と話す話題を見つけられないだろう。

チャペルに入り、参列者の席に座ると、すぐに工藤くんが現れた。

「朝井さん、イケメンと入り口で話してましたけど、ひょっとして彼が手首のキスマークの人ですか？」

司さんのキスマークの話に触れられ、反射的に顔が熱くなる。

「違う。彼は地元の幼馴染。偶然会っただけ」

「ふーん、その偶然がきっかけで三角関係になったりして」

フッと楽しげに笑う彼をあたふたしながら注意する。

「か、勝手な想像しないで。それにあれはキスマークなんかじゃないよ」

「はいはい。朝井さんはホント嘘つけないですよね。反応が素直でかわいいですよ。それに、今日の服も似合ってます」

今日着てきたのは、琴音の結婚祝いのパーティーでも着た水色のドレス。

さらっとナチュラルに褒める工藤くんは、女の扱いに慣れているような感じがした。

「工藤くんって恋愛偏差値相当高いよね？　モテるでしょう？」

普通、先輩にかわいいなんて発言はしない。

躊躇（ちゅうちょ）なく言えてしまうのは、自分の言動に自信があるからだ。

「否定はしません」

メガネのブリッジを上げながらニコッと返すその笑顔が曲者（くせもの）。編集者っていう雰囲気じゃない。彼からは司さんや海人さんに似た育ちのよさを感じる。

式が始まると、まず新郎が入場してきて祭壇の前に立つ。その後、花嫁が父親と一緒にヴァージンロードをゆっくり歩いてきた。とても綺麗で、新郎も優しそうな人だった。

これで編集部の女性で結婚していないのは私だけ。

結婚……私には縁のない言葉。ウエディングドレスを着ることなんて一生ないだろうな。

私が結婚したいのは世界でたったひとり。

司さん……。

でも、彼は結婚嫌いだもの。

なにか奇跡が起こって彼と結婚できたらいいのに……な。

あ～、私って本当に諦めが悪いよね。彼が私にプロポーズすることはないのに、結婚に憧れてるなんて……。

頭ではわかっていても、愛する人と結ばれる同僚がとても羨ましかった。

式が終わって披露宴会場へ移動すると、ウェイトスタッフがズラッと並んでいてなかなか壮観。私たちゲストを笑顔で迎えて席に案内してくれた。ちなみに私は工藤くんの席の隣。

素敵な式だったね……なんて話を工藤くんや他の編集仲間としながら食事を口にする。

最初の乾杯ドリンクは雰囲気を味わうためにシャンパンを少しだけ口にしたけれど、あとはノンアルコールのカクテルにした。

「このサングリア美味しい」

真紅の色が綺麗だし、それに甘酸っぱくて飲みやすい。

胸のモヤモヤもスカッとして止まらなくなった。なんだか気分がいい。

「すみません。またこれお願いします」

近くにいたスタッフにドリンクメニューを見せて同じものを頼む。

お酒はあまり強くないから普段はほとんど飲まないし、司さんといる時もソフトドリンクばかり。だからノンアルコールのカクテルでお酒を飲んでいる気分になれるなんて知らなかった。

スタッフが持ってきたサングリアをジュースのようにゴクゴクと飲んでいたら、工藤くんが少し心配そうな顔で尋ねてくる。

「朝井さん、いつも飲まないのに、そんなに飲んで大丈夫ですか？」

「大丈夫。これノンアルコールだから」

フフッと笑う私に、工藤くんが疑わしげな視線を向けた。

「大丈夫って……顔ほんのりピンクになってますけど？」

「それはきっと最初の乾杯でちょっとだけシャンパンを飲んだせいだよ。……なんか楽しくなってきた」

じっとグラスを見つめながら答える私を見て、いつも穏やかな彼が珍しく少し強い口調で確認してくる。

「朝井さん、酔ってますよね？」

「酔ってないよ」

きっぱり否定するけど、彼は信じてくれない。

「酔っぱらいはみんなそう言うんです。それ本当にノンアルですか？　アルコール入ってるんじゃあ――」

工藤くんが突然私のグラスを奪い、匂いを嗅いだかと思ったら、苦笑いしてグラスをテーブルに置いた。

「これ、アルコール入ってます。もうやめておいた方がいいですよ」

工藤くんの忠告も普段ではありえないテンションで返す。

「え？　でも、スタッフにノンアル頼んだから工藤くんの気のせいだよ。だって、普通に話してるし、私酔ったことないもん」

「それは今までお酒を飲まなかったからですよ。多分、スタッフが間違えて普通のカクテルを持ってきたんだと思います。口調も怪しくなってきましたよ」

「大丈夫だよ。私、もう大人だよ。アラサーの」

自虐的に言ってクスクス笑う私を、彼がジーッと見据えてくる。

「アラサーは関係ないでしょう？　不安しか感じないんですが」

「工藤くんって心配性だなあ」

バシッと工藤くんの肩を叩くと、彼が少し脱力した様子で溜め息をついた。

「朝井さんは今めちゃくちゃ陽気ですね」

「うん。ノンアルコールでもこんなに楽しくなれるって知らなかった」

私がグラスを手に取ろうとしたら、彼が素早く動いてそのグラスを遠ざける。

「だから、ノンアルコールじゃないですって。もう飲んじゃダメです」

「工藤くんのいけず」

笑いながらそんな恨み言を口にする私に、彼は真顔で水が入ったグラスを手渡してきた。

「いけずで結構です。こっちの水飲んでください」

「はいはい、わかりました」

彼の言うことに逆らわず、クスクス笑って返事をする。

それからは同じテーブルにいた同僚と、「ウエディングドレス、素敵だね」などと言い合い、主役の花嫁とも笑顔で写真を撮った。

テンションは高いけど、酔ってなんかいない。自分ではそう思っていたのだけれど……。

披露宴が終わって、皆席を立つ。

「朝井さん、行きましょう」

工藤くんに声をかけられて、「あっ、うん」と椅子から立ち上がるが、足元がふらついた。

「あっ！」

「危ない！　ちょっ……大丈夫ですか？」

咄嗟に彼が私の腕を掴んで支えてくれて、ハハッと笑ってみせた。

「だ、大丈夫。ちょっと躓(つまず)いただけ」

頭はしっかりしているつもりだったけど、急に酔いが回ってきたのかもしれない。

タクシーで帰った方がいいかな。

「飲みすぎじゃないですか？」

「そんなことないよ。ちゃんと歩けるし」

気をつけて歩こうとするが、どうしても足がふらつく。

「いやいや、ちゃんと歩けてないですよ」

工藤くんに支えられて会場を出ると、彼にペコリと頭を下げた。

「ありがとう。もう大丈夫だから大丈夫。タクシーで帰るし」

「言葉もおかしくなってます。それに、タクシー乗るって言っても、正面玄関まで結構距離ありますよ」

「大丈夫だよ。這(は)ってでも帰るから――」

「雪、どうかしたのか？」

私と工藤くんのやり取りを見ていたのか、別のテーブルにいた将人がこちらにやってくる。

「……なんでもないよ」

あー、なんだか視界がぼやけて、身体もふわふわしてきた。

首を左右に振る私の顔を、将人が覗き込んで腕を掴んでくる。

「雪、酔ってる？」

「……ん？　酔ってないよ」

誰に聞かれているとも考えず、そんな言葉を返す。

一刻も早く布団で寝たかった。

隣に布団があったらすぐに寝られるのに……。もう動きたくない。

身動きが取れなくなっていたら、予想外の人物の声がして抱き寄せられた。

「雪、帰るぞ」

それは司さんの声。

「ん？　司さん……」

彼の名前を呼びつつも、もう瞼が重くて目が開かない。

でも、彼の胸があったかくて、手を背中に回してギュッと抱きついた。

「かなり酔ってるな。彼女が迷惑をかけてすまない」

司さんがなにか喋（しゃべ）っているけれど、頭がボーッとして会話に入っていけなかった。

「どうですか？」

男性美容師に聞かれ、鏡を見ながら「ああ。これでいいよ」とニコッと微笑む。

日曜日の今日は朝から自宅でひとりのんびりしていたが、午後は美容院にやってきていた。

「珍しいですね。店の方に来られるなんて」

美容師の言葉に苦笑いする。

「今週は彼女に振られたんだ」

いつもは平日の夜に自宅に呼んで髪を切ってもらうが、今週末は雪がいないので時間が空いたのだ。

【週末は用事があって行けない】

金曜の夜に彼女はこのメッセージを送ってきた。

詳しい説明はないけど、用事というのは会社の同僚の結婚式だとわかっている。

都内のホテルであるのだから、うちから行けばいいものを。

そうしないのは、俺の前で結婚の話題を出したくないからなのかもしれない。

拓海くんが結婚式の招待状を見つけた時もかなり動揺していて、あまり多くを語ろうとしなかった。海人の話ではウエディングドレスを着たいと言っていたようだし、結婚に憧れは抱いていると思う。

雪が俺の前で結婚の話をしないのは、俺が結婚を毛嫌いしていることを知っているからか？

雪に結婚嫌いという話はしたことがない。海人あたりから聞いたのかもしれないな。

まあ、俺は生涯独身でいると大学の飲み会でも言っていたし、彼女が知っていてもおかしくない。

「岡本さんならデートしたい女性はいっぱいいるでしょうに」

美容師がおだててくるが、雪の顔を思い浮かべながら返す。

「彼女以外には目がいかないんですよ」

週末雪に会えないだけで、なにもしたくなくなる。結構重度の彼女依存症。

会計をして店を出ると、途方に暮れる。

「さて、これからどうするか」

雪がいれば、ドライブとか一緒にカフェに行くとか、いろいろやることがあるのにな。そもそも雪と出会う前の俺は、どんな週末を過ごしていたっけ？

……あまりよく覚えていない。仕事で疲れてダラダラしていたのかもしれない。

ふらっと目の前にあったデパートに入り、服や腕時計を眺めるが、特にこれといったものはない。

食器売り場になんとなく足を運べば、ペアのマグカップが目にとまった。

水色とピンクのマグカップ。

そういえば、ペアのものってうちにはなかった。雪がうちにいる時間も増えてきたし、ペアのものを揃えていくのもおもしろいかもしれない。

まずはマグカップから……と決めて購入する。

これで早速雪とコーヒーを飲もうと考えて苦笑いした。

肝心の雪がいない。

今、午後五時半過ぎ。

確か……披露宴は午後六時までだったな。

雪に頼まれたわけではないが、拓海くんの忠告もあるし、迎えに行くかな。

実は彼をうちに泊めた翌朝言われたのだ。

『姉が招待されてる結婚式、姉が出席するなら司さん迎えに行った方がいいですよ』

彼は素早くスマホで招待状の写真も撮っていたようで、【結婚式の情報です】というメッセージと共に俺に送信してきた。

勝手に撮るなんて……さすが弟というか。俺には絶対に真似できない。雪が知ったら怒るだろうな。

『どうして?』

わざわざ言及してくるのは、なにかあるんじゃないかと勘繰ってしまう。

『ひとりにさせておくと危ないというか……、まあその方が姉も感動するかと』

拓海くんの返答は、どこか歯切れが悪かった。

なにか気になることがあったから、咄嗟に招待状の写真を撮ったんだろうな。

『嫌がるんじゃないか? 招待状だって見せたくなさそうだったし』

彼女も俺に踏み込まれたくない場所だってあるはず。

『姉に遠慮は禁物ですよ。姉は人との接し方は消極的だし、お互い引いたら離れちゃうでしょう? 姉にはグイグイ行く方がいいです』

軽い調子で言われたが、拓海くんのアドバイスはずっと頭にあった。

今日の結婚式でなにかあるんじゃないだろうか。行かないと後悔するような気がした。

ホテルに着き、正面玄関を入ってすぐのところにあるフロアマップで披露宴会場を探す。

「こっちか」

エスカレーターに乗って向かうと、会場のドアの近くにいる雪を見つけた。

「言葉もおかしくなってます。それに、タクシー乗るって言っても、正面玄関まで結構距離ありますよ」

メガネの男性が雪に手を貸しながら言えば、彼女はフニャッと笑って返す。

「大丈夫だよ。這ってでも帰るから――」

顔は赤いし、なにか様子がおかしい。酔っているのか？

彼女のもとへと急ぐと、今度は髪をツーブロックにした男性が彼女に近づいて声をかけた。

「雪、どうかしたのか？」

「……なんでもないよ」

虚ろな目で言う雪の腕を掴み、その男性は彼女の顔を心配そうに見つめながら続けて問う。

「雪、酔ってる？」

「……ん？　酔ってないよ」

そう答える彼女の目は今にも閉じそうだ。

だが、それより気になったのは、雪に馴れ馴れしく触れている男性の手。

彼女に指一本たりとも触れさせたくない。

「雪、帰るぞ」

彼らから雪を奪って抱き寄せれば、俺の胸に頬を寄せて抱きついてきた。

「ん？　司さん……」

こんな風に甘えるように抱きついてきたのは初めてだ。

「かなり酔ってるな。彼女が迷惑をかけてすまない」

雪のそばにいた彼らに笑顔で謝罪すれば、メガネをかけた方の男性が少し警戒するように俺に目を向けてきた。

「あの……あなたは？」

どう答えるべきだろう。彼女のパートナーじゃ説得力がないような気がする。

「婚約者の岡本と言います」

嘘だが、すんなり『婚約者』という言葉が出てきたことに自分でも驚く。

ニコッと微笑んで告げると、ふたりとも「「婚約者……」」と呟き、呆気に取られた顔をした。

「あなた方は？」

雪との関係が気になって尋ねると、まずメガネの男性が「僕は彼女と同じ編集部の工藤です」と返した。

雪の同僚……か。

よくよく見ると、その男性には見覚えがある。どこかのパーティーで見かけた。

確か……彼はアメリカの出版社を買収して話題になっていた『ＫＵＤＯコーポレーション』の御曹司。東京に本社がある出版・メディア企業で、アメリカ、イギリス、フランス、中国などの主要都市の有名な新聞社や出版社、それにテレビ局が傘下に入っている。

彼に気を取られていたら、もうひとりの男性が挨拶する。

「私は彼女の幼馴染の長谷川と言います」

幼馴染……。俺の知らない雪の交友関係。

お互い別々の世界があるのはわかっているが、雪が男性に挟まれているのを見ていい気はしない。

ひょっとしたら拓海くんはこの展開を読んで、俺に雪を迎えに行くように言ったのかもしれない。

「彼女がお世話になりました」

家族のように振る舞い、雪を連れてこの場から去ると、正面玄関前でタクシーに乗り、自宅マンションに彼女を連れ帰る。

まず買ってきたマグカップを玄関に置き、雪を座らせた。それからパンプスを脱がそうとしたら、彼女が「うーん、眠い」と床に寝そべって自然と脱げた。

「こらこら、ここで寝るなよ」

場所も考えずに寝ようとする雪を注意して両腕を掴んで起こすと、「ふふっ、司しゃんが怒ってる」とヘラヘラ笑う。

「呂律回ってないけど」

笑って雪を抱き上げ、寝室のベッドに運んだ。

いったいどれだけ酒を飲んだのか。彼女は普段ソフトドリンクしか飲まないから、酔った姿は見たことがない。恐らく俺の前で醜態を見せてはいけないと気を張っているのだろう。

「服、脱げよ」

ドレスがシワになるし、寝にくいと思ってそう命じるが、酔っている雪は素直に従わない。

「ん……このまま寝る」

もぞもぞ動いてストッキングを脱ぐと、ゴロンと横になる彼女を慌てて止める。

「ダメだ」

「寝ちゃダメなの？」

つぶらな瞳で聞かないでほしい。思わず『寝ていい』と言いそうになる。だが、ここで折れてはいけない。

「もう俺が脱がす」

ドレスのファスナーを下げて袖を外そうとするが、雪が協力的ではないので簡単にはいかない。

「司しゃん……くすぐったい」

クスクス笑って身をよじる彼女はかわいいけど、じっとしていてほしい。

数分かけてドレスを脱がし、今度は俺のシャツを着せようとしたが、彼女はすぐに横になろうとする。

「だからまだ寝るな。あと一分でいいから起きていてくれ」

「眠いのに……」

半分寝ながら文句を言う彼女にシャツを被せる。

「ほら、まず右手出して。こっち」

彼女の右手を掴んで袖を通し、次は左手を通すと、フーッと息を吐いた。

「……やっと終わった」

夏だし、ズボンはいいだろう。穿かせても暑いとか言ってすぐに脱ぎそうだ。

子供の着替えを毎日手伝っている世の母親は、つくづく偉大だと思う。といっても、俺は母親に世話をしてもらったことはない。服だって家政婦さんが着せてくれた。

親の愛というものはわからないが、雪との子供なら無条件でかわいいと思えるだろうな。

彼女のドレスをハンガーにかけていて、ふと思い出す。

この水色のドレス……確か海人の結婚祝いのパーティーで着ていたやつだ。

あの時の雪の告白がなければ、今俺たちは付き合っていないかもしれない。

『あの……ペットでもいいからそばに置いてくれませんか!?』

彼女は控え目な言葉ながらも、はっきりと俺に言ったのだ。

顔が好きだからとその後言われたけど、普段の雪ならあの行動はあり得ない。

ひょっとして、前から俺のことが好きだったとか？

そう考えると、彼女の突飛な告白も腑に落ちる。

女性の気持ちなんて雪に会うまで無関心だったが、もしそうなら嬉しい。

雪の方を振り返ると目が合って、彼女がフニャッと微笑んだ。

「司しゃん……好き」

俺の腕を掴み、子猫のように甘えてくる。

突然の告白に頬が熱くなって、思わず声に出して言ってしまう。

「……なんだ？　このかわいい生き物」

彼女の姿がかわいくてスマホで動画を撮りたくなった。もし自分に手が四本あったらそうしていただろう。だが、二本しかないからこのかわいい生き物を抱きしめたい。

雪の背中に両腕を回してギュッとする。

酔うとこんなに人が変わるのか。

雪が俺に好きだと言ってくれるのは、愛し合う時だけ。それも俺が無理やりベッドの中で言わせてる。

「そんなに俺が好きなのか。……だったら結婚するか？」

少し抱擁を緩めて雪を見つめると、彼女は満面の笑みを浮かべ返事をする。

「うん。結婚しゅる」

五歳児と会話している気分だが、即答するのだから彼女の本音なのだろう。なんだか幸せな気分だ。

それに、自分から結婚というワードを口にしたことに驚いてもいた。なにも考えず、自然に出てきた。それほど雪が好きってことなんだな。

いや、好きなんて言葉じゃ足りない。

俺は……雪を愛している。

「指輪、用意しないとな」

指輪を買ったら、ちゃんと雪にプロポーズしよう。

雪の左手を掴んでその薬指に恭しくキスをすると、彼女が目をこすりだした。

「司しゃん……」

「どうした？」

雪をじっと見据えれば、俺の胸に身を預けてくる。

「一緒に寝よう」

そのかわいい誘いを断れるわけがない。

まだ寝る気はなかったが、雪と一緒にベッドに入り、彼女を包み込むようにそっと抱きしめる。

酔っているとはいえ、俺のプロポーズを笑顔で受けてくれて、胸がなんだかあったかかった。

華奢（きゃしゃ）なその身体。たとえ暗闇でも彼女だってわかる。

だが……、今日は妙に熱っぽいような。ひょっとして熱がある？

「雪？　身体つらくないか？」

そう問いかけながら彼女の額に自分の額をコツンと押し当てる。

ちょっと熱い。風邪でも引いたか？

「つらく……ない」

ギュッと抱きつかれて、彼女の背中を優しく撫でた。

明日の朝熱が出るようなら、会社を休ませないとな。医者の命令と言えば聞くだろう。

だいたい仕事をしすぎなのだ。うちに来てもソファ前のテーブルにノートパソコンが置いてあって俺が帰ってくるまで仕事をして待っている様子だし、ただ読書しているように見えても彼女の場合は仕事の原稿を読んでいることが多くて、いつ息抜きしているのかがわかりづらい。

少しすると、スーッと彼女の寝息が聞こえてくる。

起きたら、外で酒は控えるように注意しよう。うちで飲んで酔う分には構わないが、外で酔っ払って誰か男にお持ち帰りされては困る。

俺が迎えに行かなければどうなっていたか。拓海くんには後でお礼を言わないとな。

今日のことで改めてわかった。

雪を他の男には絶対に譲れない。結婚して……完全に自分のものにしたい。

今の関係のままでは、彼女になにかあって手術をすることになっても同意書にサインすらできないのだ。

パートナーといっても他人に信じさせるのは難しい。

俺としてはもっと踏み込んだ存在になりたい。

しばらくはそのまま雪を抱きしめていたが、具合が悪い様子はないので一度ベッドを出てシャワーを浴びた。

髪を素早く乾かし、キッチンへ行って冷凍のピラフを温めて食べると、仕事のメールをチェックして寝室に戻る。

時刻は午前零時過ぎ。

てっきり寝ているかと思ったら、雪がベッドの横でしゃがみ込んでいる。

「雪？　どうした？」

部屋の電気をつけ、駆け寄って声をかければ、「気持ち……悪い」と彼女は口に手を当てる。

「吐きたいのか？」

俺が問うと口を押さえたままコクッと頷いたので、慌てて彼女を抱き上げてトイレに連れていく。

「ほら、吐いていい」

雪に優しく言って、背中をゆっくり擦ってやるが、その顔は青い。

最初はあまりに気分が悪くて吐くこともできなかったようだが、しばらくして彼女はつらそうに「うう……」とトイレに戻した。

その状態が十分ほど続き、ようやく吐き気がおさまると、彼女をバスルームに運んでうがいをさせる。

「つらい……」

体力を消耗したのか、床にへたり込む彼女。そのシャツは濡れていた。

「また着替えないとな」

雪を連れて寝室に戻り、濡れたシャツを脱がして別のシャツを着せる。

「ちょっと待ってろよ」

ベッドに寝かせると、キッチンへ行ってスポーツ飲料を取ってきた。

「ほら、少しでいいから飲めよ」

吐くと脱水症状になるのが怖い。まだ顔が青い雪を抱き起こそうとするが、身体が怠いのか言うことを聞いてくれなくて困った。

「……参ったな」

仕方がないので、俺がひと口含んで、横になっている彼女に口移しで飲ませる。

ゴクッと雪の喉が鳴るのを確認すると、少しホッとしてフーッと息を吐いた。

とりあえず、喉が潤えばいいだろう。

寝室を出ようとしたら、半分夢の中状態の彼女が俺の腕を掴んでくる。

「司……」

「大丈夫。どこにも行かないよ」

俺もベッドに横になり、背後から彼女をそっと抱きしめる。

このまま朝まで眠れるといいが……。

彼女の具合を気にしつつも、俺もいつの間にか眠りに落ちていた。

翌朝ハッと目が覚めて、彼女の手首を掴んで熱を確認すると、かなり熱かった。

これは熱があるな。やはり風邪でも引いたか？

そっとベッドを抜け、体温計を持ってきて測ると、三十八度三分だった。

「……ん？」

俺が起きたのに気づいて、雪がうっすら目を開ける。

「あっ、悪い。起こしたな」

目が合って謝るが、彼女は熱のせいかボーッとしていて、反応が遅かった。

「う……ん。あれ……司さん？　なんで……？」

急にハッとした表情になって起き上がろうとする雪を慌てて止めた。

「そのまま寝てていい。熱がある。昨日ホテルまで迎えに行って、酔った雪を連れ帰ったんだ」

「え？　ああ……そういえば。あ～、嘘……私……なにしてるの～！」

雪が布団で顔を隠して声をあげるので、その布団を剥がして彼女と目を合わせた。

「反省はいいから、口開けろ。ほら、あ～ん」

患者にするように口を開けさせる。

彼女は虫歯が一本もない。とても綺麗な歯並びをしている。きちんとした性格で、歯磨きもいつも時間をかけているからだ。こういうところにも性格が出る。

「ああ。喉の奥が少し腫れている。風邪だな。今日はうちでゆっくり休んでいるように。これは医者の命令だ」

「でも、司さんに迷惑が……、それに司さんに移しちゃう」

「大丈夫だ。いろいろ予防はしてるし、いざとなったら特効薬がある」

特効薬というのは嘘だが、手洗いを入念にやっているので感染は少ない。

「許可なく帰ったら、連れ戻す。まずは食べて薬飲まないとな」

先手を打ってそう告げると、キッチンでお粥を作って、生姜湯も用意した。

生姜湯は昨日買ったマグカップに入れる。本当は一緒にコーヒーでも飲もうと思ったのだが、ここで使うのが正しいように思えた。

うちにいていいんだと安心させたい。

お粥と生姜湯をトレーにのせて持っていくと、彼女がすぐにマグカップに気づいた。

「そのピンクのマグカップ初めて見る」

「昨日、買ってきたんだ。ペアのマグカップ。これは雪用」

笑顔でそう伝えたら、なぜか雪が「私の……マグカップ」と呟き、ポロポロと涙を流し始めたものだからギョッとした。

「どうした？ どこか痛いのか？」

トレーを一旦サイドテーブルに置いて雪の肩に両手を置くと、彼女は首を左右に振る。

「ち、違うの。感動しちゃって……」

こんなに喜ぶならもっと早く買えばよかったな。

「これからいろいろ揃えていこう」

雪の顔を上げさせて頬の涙を手で拭うと、優しく微笑んだ。

私はペットじゃなかった

「う……ん。あれ……司さん？　なんで……？」

目を開けると、司さんが体温計を持って私のそばにいた。

ここは司さんのマンション。ホテルの披露宴に出席していたはずなのに、どうして司さんの家に？

え？　え？　え～？

披露宴が終わって……工藤くんと一緒に会場を出たら将人に声をかけられて、それから……。

嘘……思い出せない。

そういえば……私が飲んだサングリア、ノンアルコールじゃなかったんだっけ？

う……ん、頭が痛い。それになんだか身体が怠いし、喉がイガイガする。

でも、寝ている場合じゃない！

飛び上がるように起きたら、彼に止められた。

「そのまま寝てていい。熱がある。昨日ホテルまで迎えに行って、酔った雪を連れ帰ったんだ」

司さんの説明を聞いて、自分を呪いたくなった。

「え？　ああ……そういえば。あ～、嘘……私……なにしてるの～！」

ノンアルコールだと思ってサングリアをがぶ飲みした自分に馬鹿と言いたくなる。いつも通りソフトドリンクにしておけばよかった。

酔ったあげく司さんにまで迷惑をかけてしまってもう合わす顔などなく、布団で顔を隠す。

時を戻せたらいいのに……。

工藤くんがいて、将人がいて、そこに司さんが現れて……、どうやって私を連れ帰ったのか。想像するだけで怖い。二日酔いのせいかもしれないけど、頭ががんがんする。

あ～、今すぐ自分のアパートに瞬間移動したい。

そんな非現実的なことを考えていたら、司さんに布団をバサッと剥がされた。

「反省はいいから、口開けろ。ほら、あ～ん」

私にそう命じる彼はすっかり医者の顔。つい条件反射で口を開けてしまう。

なんか……司さんに口の中を見られるのは恥ずかしい。こういうの、初めてだ。

「ああ。喉の奥が少し腫れている。風邪だな。今日はうちでゆっくり休んでいるように。これは医者の命令だ」

いやいやそんなの聞けるわけがない。

「でも、司さんに迷惑が……、それに司さんに移しちゃう」

すぐに反論する私に、彼がキメ顔で言う。

「大丈夫だ。いろいろ予防はしてるし、いざとなったら特効薬がある」

そういえば、お医者さんってあんまり風邪を引かないのは、特効薬のお陰なのか……って安心している場合じゃない。私がいたらやっぱり彼が風邪を引くリスクが高くなる。たくさん患者を抱えている彼に風邪を移すわけにはいかない。

それでも帰ると言おうとしたら、彼がニヤリとした。

「許可なく帰ったら、連れ戻す。まずは食べて薬飲まないとな」

話は終わりだとばかりに司さんは寝室を出ていく。

彼にとっては私は恋人でもないのに、なにをやっているんだか。

医者だし、面倒見だっていいから、司さんは私のことを放っておけないのだ。

それにしても、まさか彼が披露宴会場まで迎えに来るなんて、想定もしていなかった。

時間や場所まで把握していたのは……多分拓海の仕業だ。将人が同じ式に出席することだって拓海は知っていたはず。だからあんなに招待状に興味を持ったのだろう。

将人がうちの家族に余計なことを言わなければいいのだけれど。少なくとも司さんが私を連れ帰ったのを見ているのだから、ただならぬ関係だと思っているはず。

しばらくすると、司さんがトレーを手に戻ってきた。お粥と飲み物を持ってきてくれたようだ。

あれ……。

「そのピンクのマグカップ初めて見る」

思ったまま口にすると、彼が甘く微笑んだ。

「昨日、買ってきたんだ。ペアのマグカップ。これは雪用」

私用……。

その説明を聞いて、急に涙腺が緩んだ。

まさかペアのマグカップを彼が買ってくれるなんて、思ってもみなかったのだ。

「私の……マグカップ」

大粒の涙を流す私を見て、彼が心配そうに顔を覗き込んでくる。

ペットの私にそこまでする？

「どうした？　どこか痛いのか？」

　こんなに泣いちゃうなんて子供みたいだ。でも、私のために彼がマグカップを買ってくれたのがすごく嬉しかった。

　彼の家に前からあった食器と違って、このマグカップは私だけのもの。

「ち、違うの。感動しちゃって……」

　ブンブンと首を横に振って否定すると、彼が蕩（とろ）けるように優しい言葉をかけて私の涙を拭う。

「これからいろいろ揃えていこう」

「ありが……とう。私はペットみたいな……ものなのに」

　涙が止まらない。

　胸がジーンとするのを感じながらそんな言葉を口にすれば、「は？」と司さんが鳩が豆鉄砲を食ったような顔をして固まった。

「ちょっと待った。ペットってなんだ？」

「え？　私が司さんにとっては……ペットみたいな存在ってことで……」

　司さんに聞き返されてキョトンとしつつもそう説明したら、彼が顔色を変えたので最後まで言えなかった。

驚きと呆れがごちゃまぜになっているような表情。

「は？　雪が俺のペット……？」

彼は瞬きもせず、ジーッと私を見つめてしばらく動かない。

この反応……なにかマズいこと言った？

私も戸惑いながら司さんを見つめ返していたら、彼が額に手を当ててハーッと盛大な溜め息をついた。

「……なんでそうなる？　ペット扱いした覚えはない。勘違いされるようなことしたか？」

私に問いかけているのか、それとも自問自答しているのか。

いつも何事にも冷静で余裕綽々としている彼がこんなに混乱している姿は初めて見る。

「え？　あの……だって……司さんに告白した時、ペットでもいいからそばに置いてくれませんかって……」

呆気に取られつつも司さんが忘れているのかと思ってその話をしたら、彼が急にカッと目を見開いて、私の両腕を掴んだ。

「だからってペットになんかしてない。ちゃんと恋人だって思ってる！」

真剣な眼差しで語気を強めたものだから、ただただ驚いてしまった。

「え？　私って恋人なの⁉」

「恋人だから家の鍵だって渡したし、マグカップだって買ってきたんだ！」

彼がすごい剣幕で言ってきたけど、私はまだ他人事のように感じていた。

「あ……なるほど」

司さんの行動に納得したものの、自分が彼の恋人だという実感がまだない。それが彼にも伝わったのか、怒られてしまう。

「なるほどじゃない。ちゃんとそこんところ自覚しろ……って、もうそろそろ出ないと。いいか、しっかり食べて寝ろよ。俺が帰ったらまた話をしよう」

掛け時計を見て、彼が慌てて服を着替えて寝室を出ていく。

その後ろ姿を声もかけずボーッと見ていることしかできなかった。

「……ちゃんと恋人だって思ってる？」

嘘……。本当に？

大事にしてもらってるし、鍵だってアクセサリーだってもらったけど、恋人と思われているとは考えもしなかった。私が彼の恋人だなんておこがましい……という思いがずっと頭にあったせいもあるかもしれない。

だって、私は彼が過去に付き合っていた女性とは全然違う。

一緒にいるってことは恋人なの？

でも、琴音と海人さんみたいに愛し合ってるってお互い認識しているわけじゃない。

私は司さんに愛してると言われたことがないのだ。

恋人ってなんだろう……って、会社には行けないって連絡しておかないと……。

今日は確か新しいアシスタントの子が来るんだった。

バッグを捜してスマホを取り出し、工藤くんにメッセージを打つ。

【おはよう。ごめん、体調崩して今日は行けなくなったの。アシスタントの子の対応、工藤くんにお願いしてもいいかな？】

すぐに既読になって返信が来た。

【おはようございます。こっちはうまくやっておくので、しっかり休んでください】

【ありがとう】

彼はなんでもそつなくこなすから、任せておけば安心だ。

ホッとしたのも束の間、次の彼のメッセージにギョッとした。

【婚約者の方にもよろしくお伝えください】

え？　婚約者ってなに？

【婚約者って？】

【なに惚けてるんですか？　昨日朝井さんを迎えに来た男性のことですよ。確か岡本総合病院の御曹司ですよね？】

……そういえば、披露宴会場で彼は司さんに会っているんだ。しかも岡本総合病院の御曹司ということまで知っている。

酔っていてその辺のやり取りを覚えていないが、司さんが工藤くんや将人に私の婚約者だと言ったのだろう。

司さん……なに嘘言ってるの。

なんだか頭痛がひどくなってきたような気がする。

私がお酒さえ飲まなければそんなことにはならなかったのに。

反省。もう絶対にお酒は飲まない。ノンアルコールだって口にしない。普段飲んでないから、アルコールが入っていても気づかなかったのだ。

ああ～、将人がうちの両親に余計なことを言わないといいのだけれど。婚約者がいるなんて話を聞いたら、うちの親は絶対にしつこく連絡してくるに決まってる。

【まあ、そうなんだけど。会社の人には言わないで】

口止めしようとしても、メッセージを介して工藤くんはからかってくる。

【自慢すればいいじゃないですか】

【あまり騒がれたくないの】

相手が大病院の御曹司と知ったら、会社の女性たちはそりゃあ大騒ぎするだろう。玉の輿だとか言われて弄られる姿が目に浮かぶ。

今はただ放っておいてほしい。ただでさえさっき司さんに恋人だと思っていると言われて、頭がふわふわしているのだ。まるで夢を見ているようで、現実だと実感するのに時間がかかるかも。

【でも、すでに一緒に帰るとこ編集部の他のメンバーに見られてますよ】

……ああ。出勤したら質問攻めにされそう。それでなくても司さんは目立つ。

【とにかくこの話はお終い。悪いけど、今日はよろしく頼みます】

無理やり話を終わらせると、工藤くんももう言及してこなかった。

【お大事に】

彼のメッセージを見てすぐにスマホをベッドに置き、ハーッとひと息つく。

しばらくリモートで仕事をしたくなる。会社でなにを聞かれてもごまかそう。

実家は……将人が余計なことを言わないことを祈る。

とりあえず、司さんが作ってくれたお粥を食べて薬を飲もう。

鍋の蓋を開けて蓮華を持ちお粥を口に運ぶと、まだ熱々だった。

「……塩味がほんのりときいていて美味しい」

身体にスーッと溶けていくみたいだ。

司さんもひとり暮らしが長いから料理はできる。お休みの日にハンバーグを作ってくれたし、琴音や海人さんを呼んでバーベキューをしたこともあった。肉のタレは司さんのお手製で、リンゴとかハチミツが入ってて美味しかった。

お粥を食べ終わると、マグカップの生姜湯を口にする。

自分のカップだと思うと余計美味しく感じて、じわじわとまた涙が出てくる。

彼に恋人だと思われてるってことは、私を好きだってこと？

以前、海人さんに言われたことがある。『司は結婚を毛嫌いしているところがあるし、今まで本気の恋愛はしてこなかった』……と。

それは琴音と海人さんの結婚祝いのパーティーの数日後くらいのこと。私が傷つくかもしれないと思って忠告してくれたのだろう。

司さんの言葉に勝手に舞い上がっちゃいけない。心を落ち着けないと。

薬を飲んで、スマホを手に掴んだままベッドに横になる。

最近、一週間の半分はここで寝ている気がする。

広くて寝心地のいいベッド。夜は司さんが優しく抱きしめてくれて……。

それで、自分の狭いアパートに戻ると、シンデレラの魔法が解けたみたいに急に現実に戻るのだ。

「司さん……私のこと……好き？」

本人がここにいないから、声に出して言える。でも、いつまでも臆病じゃダメだよね。

今日帰ってきたら、また話をするはず。その時に思い切って聞こう。

そんなことを考えているうちに薬が効いてきたのか、だんだん眠くなってきた。

気づいたら寝てしまっていたようで、ピコンとメッセージの着信音がしてハッと目を開ける。

スマホの時計は、午後一時を回っていた。

メッセージは司さんからで、早速内容を確認する。

【熱は？】

熱？

とりあえず【ないです】と返そうと思ったけど、すぐに打ち込むのは思い留まった。

彼は勤務中。私がメッセージを送ったら、仕事の手を止めてしまうかもしれない。

返事がなければ寝ていると思うはず。三十分ほど経ったら送ればいい。

ベッドを出て、まずは洗面所で歯磨きをする。

洗面台の棚には、私の洗面道具や化粧品も収納されている。司さんに『歯ブラシといちいち持ち帰るなよ』と強く言われて、置くようになったのだ。

マグカップだけじゃない。歯ブラシにしたって、恋人じゃなきゃ置かせてはくれないよね……？

鏡を見つめてそんなことを考えていたら、不意にハッと気づいた。

あっ……このシャツ、司さんのだ。彼に着替えまでしてもらったの？　そういえば……私、気持ち悪くて吐いてなかった？

「ああ～……」

ホントなにをやってるの？　司さんに迷惑をかけまくっているじゃない。

医者の彼を支えたい、役に立ちたいって思っているのに……。

思わず床にしゃがみ込む。

なんで昨日はノンアルコールにしちゃったんだろう。いつものようにウーロン茶とか水にしておけばよかったのに。

洗面を済ませて部屋着に着替えると、洗濯機を回して、司さんにメッセージの返事をした。

熱は測っていないが、頭は朦朧(もうろう)としていないから大丈夫だろう。

【熱はないです。昨日はいろいろと迷惑をかけちゃって本当にごめんなさい】

このメッセージに土下座して謝る画像も添付したい。

しばらくスマホの画面を見ていたけど、既読にはならなかった。

仕事中かな。それでいい。脳外科の患者に比べたら、私の風邪なんてなんでもない。

「私も仕事しなきゃ」

そう呟いたものの、ノートパソコンがないことに気づいた。原稿のチェックとか期限が迫ってる仕事がいろいろある。

タクシーで自分のアパートにパソコンを取りに行き、司さんのマンションに戻ってきたら、もう午後三時過ぎだった。

タクシー代は痛い出費だけど、アパートにいても司さんに連れ戻されるだろうし、彼の話をちゃんと聞きたかったのだ。

メガネをかけると、自分の仕事に集中する。締め切りは待ってはくれない。

三時間ほど集中してとりあえず明日締め切り分の仕事は終わらせ、一度休憩をとる。

「さすがに身体しんどい」

キッチンへ行き、冷凍のパンをトースターで温めて食べて、薬を飲んだ。

「ちょっと寝よう」

風邪のせいか体力も集中力も切れて、ベッドに横になるとすぐに寝てしまった。

一時間ほど横になるはずが、そのままぐっすり眠ってしまったようで、ピピッという体温計の電子音で目が覚めた。

「……司さん？」

白いシャツに黒のパンツ姿の司さんが立っていて、朝と同じように体温計を持っている。

もう帰ってきたんだ。

「悪い。起こしたな」

「ご、ごめん。寝ちゃってて。今、なにか作るよ」

慌てて起き上がろうとしたら、彼に止められた。

「いい。病院で差し入れを食べたから。まだ少し熱があるから寝ていろ」

「ううん、起きるよ。寝すぎちゃって」

上体を起こして手櫛(てぐし)で髪を整えていたら、彼がベッドサイドのテーブルにある私のパソコンにチラリと目を向ける。

「仕事したんだろ？　そりゃあ疲れるよな」

咎めるように言われ、反射的に謝ってしまう。

「締め切りが迫ってて……ごめんなさい」

あ～、パソコンちゃんとしまっておけばよかった。

「パソコン取りにアパート戻ったのか？」

私を見る彼の目が怖くてビクビクしてしまう。

風邪を引いてるのに……って呆れているだろうな。

「……うん。ごめんなさい」

「うちまで戻ってきたのは偉いが、その体調で無理したのは褒められないな」

「あの……タクシー使ったので、そんな疲れてはいないんですよ」

彼がジーッと見据えてくるので、思わず敬語になってしまう。

お説教されると思ったら、優しい声で言われた。

「タクシーでも疲れる。もううちに住めよ」

「へ？」

ポカンとして彼の顔を見つめたら、再度言われた。

「聞こえなかったか？　だから、もううちに住めよ」

かなりすごいことをサラリと言われ、戸惑った。

「え？　いや、それは……」

鍵を渡された時もそうだけど、私が家に出入りして不自由に感じないのだろうか？

私は自分のアパートに弟に自由に出入りされるのだって嫌なのに。

「雪専用の部屋が欲しいなら、物置きにしてる部屋を使っていい」

「そういう問題じゃなくて、司さんに迷惑がかかると思っ――」

「今の生活は雪に負担がかかる。俺と一緒にいるのがそんなに嫌か？」

今度は冷ややかに聞かれ、咄嗟にカッとなって言い返した。

「そんなわけない！」

「そうだよな。雪は俺のことが好きだ。俺も雪が好きだよ」

司さんが急に優しい目になって、私に顔を近づけてチュッとキスをする。

「え……？」

「目まん丸にしてそんなに驚くな。今朝恋人だって思ってるって言っただろう？」

眉間にシワを寄せると、彼はちょっと苛立たしげに髪をかき上げた。

「だって……ずっとペットかなって思ってて。私が司さんの恋人だなんて、分不相応だから。王子さまと普通の女の子がくっつくようなものだもの」

今まで言ったことはなかった私の胸の内を打ち明けると、彼が絶句する。

「王子さまって……」

「大病院の御曹司じゃないの」

司さんと本気で向き合って遠慮なく言えば、彼がギュッと私を抱きしめてきた。

「じゃあ、俺が普通の会社員になればいいのか？」

彼に優しく問いかけられ、小さく頭を振った。

「違う。司さんはお医者さんでいい」

司さんならどんな職業にでもなれたと思うけど、彼にはお医者さんでいてほしい。だって、彼はその仕事に誇りを持っているし、病気の人を救える腕もある。

「いいか、身分とか地位とか関係ないんだよ。俺が雪を好きだって言ってるんだ。雪はなにも考えずに俺の横にいればいい。わかったか？」

「うん……」

彼の言葉が直接心に入ってくる。

「俺もはっきり言葉にしなくて悪かった。本気の恋愛なんて今までしたことなかったから、どう雪との仲を進めていいのかわからなかったんだ」

「司さんが……？」

女慣れしている彼の口からそんな言葉が出てくるとは思わなくて、つい声をあげる。

「恋愛に対しては不器用なんだよ。ちゃんと人を好きになったのだって、雪が初めてだ」

「嘘……。私が初めて？」

「最初は琴音さんの友達だったし、食事をして満足してもらって断るつもりだった。でも、何度もドタキャンみたいな状態が続いて……、それでも嫌な顔ひとつしない雪を見て、心を動かされたというか、俺の方が会いたいって気持ちになって……」

珍しく言葉に詰まりながら自分の気持ちを話す彼。

かわいいと言ったら怒るだろうか。考えてみたら、私は彼を完全無欠な人だって決めつけていた。でも、今は身近に感じる。

そりゃあ人間だもの。完璧な人なんていないよね。

「じゃあ、家に呼んでくれたのは……私を好きになってくれたから？」

図々しいかもしれないけれど、思い切って聞いてみると、彼は甘い目で微笑んだ。

「今考えるとそうなんだろうな。雪以外の女をうちに呼んだことはない。それくらい雪は特別なんだ」

私が特別……。なんて素敵な言葉だろう。

「雪が好きだよ」

司さんが私の目をしっかりと見て、気持ちを伝えてくる。

妄想でしか言ってもらえないかと思ってた。

「これ……夢じゃない？」

じわじわと涙が込み上げてくる。

「現実だ。信じられないなら何度だって言う。好きだよ」

蕩けるように甘くて、優しい彼の声音に胸がジーンとなって涙がこぼれ落ちる。

「……嬉しい」

私たち……ちゃんと思い合ってる。

そう。私は彼の恋人なんだ。

「嬉しいなら泣くなよ」

司さんが私の涙を唇で拭うと、そっと口づける。

唇を重ねただけなのに、心までもが繋がったような気がした。

しばらく抱き合っていたけど、不意に彼が私に笑顔で命じる。

「もう一度言う。雪は俺の横で笑っていればいい」

その甘い命令に逆らわずに「うん」と幸せを感じながら返事をすると、彼が腕を緩めてニヤリとした。

「じゃあ、来週のお盆に引っ越しだ」

「え？　それは早すぎない？　荷物の整理とか全然できな――」

ビックリして反論したら、彼がスーッと目を細めて私を見た。

「そんなの業者に任せればいい。引っ越してからじっくり選別すればいいだろ？　雪のペースに合わせてたら、いつになるかわからない」

抱擁を解くと、司さんは早速引っ越し業者を手配した。

「服より本の方が多いって、さすが編集者だな」

五つある段ボール箱から本を出して、本棚に適当に入れていく。

日本の古典、イギリス文学、テレビアニメになっているようなライトノベル、少女漫画まで、いろんなジャンルの本がある。

本棚を見ればその人がわかると言われているが、雪の場合はよくわからない。

今日はお盆休みの初日で、雪の引っ越しの日。

お昼に彼女の荷物がうちに運ばれてきて、俺も開梱を手伝っている。

彼女のアパートは解約して家具や家電も処分するので、引っ越しの荷物は少ない。

「電子版を買って本を減らそうと思ったんだけど、なかなか時間なくて。あの、私がやるから司さんはゆっくりしてて。昨日も遅くまで仕事だったし」

「いや、ふたりでやった方が早いだろ……って、これがBLかあ。雪ってこういうのが好きなのか？」

男性同士のラブシーンが表紙の本をペラペラ捲(めく)っていたら、雪がギョッとした顔でその本を奪い返そうとする。

「ち、違う！　入社してすぐに編集した本なの。返して！」

雪の手をかわしながら本に目を通す。

挿絵も刺激的だが、文章も人前では口にできない淫(みだ)らな言葉がたくさん並んでいて、これを女性が作っていることに驚いてしまう。

「へえ、雪が仕事で……ね。結構際どいシーンあるけど、雪がもっと激しくした方がいいとか指示を出すのか？」

「時と場合による……って、そんな読み込まないで」

「なんか新鮮だし、ウブな雪がどんな顔して編集してるのかと思うと楽しくてな」

「司さん！」

顔を真っ赤にして怒る雪に本を返すと、彼女が床に積み上げた本を本棚に入れていく。

「はいはい。作業に集中するよ。今はなんの作品を担当してるんだ？」

「中華ファンタジー。身分の低い娘が後宮に入って、若い皇帝に見初められるっていう。その女の子は不思議な力を持っていて、後宮のいろんな事件を解決するの」

仕事の話をする時の彼女は目をキラキラさせてとても楽しそうで、こちらも自然と笑顔になる。

「それで皇帝に愛されまくると」

テンポよくそんな茶々を入れると、ギロッと上目遣いに睨まれた。

「だから、司さん！」

「悪い。夢がある仕事っていいな」

好きな仕事だから真剣に取り組めるのだろうが、クリエイティブな仕事って憧れる。

「司さんは人の命を救ってるじゃない。脳の手術なんてもう神の領域だよ。私なんて
血を見るだけで失神しそう」

尊敬の眼差しで俺を見ている雪に、クスッと笑って言った。

「そういう研修医や看護師はいる。手術中に途中退場するんだ」

「司さんは失神しないの？」

「血だけじゃなく、なに見ても平気かな。雪はカエルの解剖でも失神しそうだな」

思ったままを口にすれば、彼女が俺から視線を外し、小さく声をあげる。

「あ……私、中学の時にカエルの解剖で気分悪くなって、保健室行った」

「なんか想像つく。まあ倒れなくてよかったよ。……倒れるといえば、もう外で酒を
飲むなよ」

彼女が風邪を引いたこともあって、釘を刺すのを忘れていた。

「あっ、それはもう絶対に。心に誓っています。披露宴の時はご迷惑おかけしちゃってすみませんでした」

ひどく反省しているのか、彼女が敬語で平謝りするが、『ご迷惑』とか他人行儀な言葉が気に入らない。

「迷惑とかどうでもいい。雪の心配をしているんだ。俺が迎えに行かなければどうなっていただろうな」

悪い男なら、彼女をホテルの部屋に連れ込んで襲っている。

だが、彼女は苦笑いしながら、溜め息をつきたくなる言葉を口にするのだ。

「多分、誰か同僚がタクシーに乗せてくれたんじゃないかと」

誰か同僚がって、一緒にいたＫＵＤＯの御曹司だろ？　全然わかってない。男に対する危機感がゼロだ。それにあの場にはもうひとり男性がいた。

「男の同僚に介抱されていたぞ。なにかあったらどうする？　幼馴染の男性も一緒にいたようだが」

雪を見据え少し強い口調で問うと、彼女は真剣な表情で俺の懸念を否定する。

「工藤くんはそんな危険な人じゃないよ。それに、将人は……実家の隣に住んでいる幼馴染で……式で偶然会ったの。最近話してなかったし……特に親しくもないよ」

KUDOの御曹司と違い、幼馴染のコメントはなんとなく歯切れが悪く感じるのは気のせいだろうか。

「ふーん、まあ今回は運がよかったんだろうな。だが、記憶なくすくらい酔われては困る。半分寝てたからな」

「はい。すみません。とっても反省してます。もう絶対にお酒は飲みません」

俺の目を見つめて約束する彼女に、表情を和らげて言う。

「うちで飲む分には全然いい」

「へ？」

俺の発言が意外だったのか、彼女が奇声を発して聞き返してきた。

「たまには飲みたくなるだろ？　うちで飲めばいいじゃないか。眠くなったらすぐに寝られるし」

飲酒を推奨するように言えば、彼女が困惑した顔をする。

「いや、もうあんな失態は……」

きっと夜中に吐いたことを言っているのだろう。

「たまに羽目を外すくらいならいいよ。それにほろ酔いの雪はもっと見たい。すごくかわいいからな」

俺のプロポーズを受けたと知ったら、驚くに違いない。

「私……なにをやらかしたの？」

不安そうな顔で確認してくる彼女に、にっこりと微笑んだ。

「内緒」

「え？　え？　教えてよ。気になるじゃない」

「本番で成功したら話す」

ニヤリとしてそう約束すると、彼女が呆気に取られた顔をする。

「本番って……。全然話が見えないんだけど」

「そのうちわかるさ。ほら、いつまでも手を止めてたら明日旅行に行けないぞ」

「あっ、そうでした」

明日から四日間ほど瀬戸内海にある離島へ旅行に行く。彼女と遠出できるのは盆と正月くらいしかない。今年の正月はイギリスに行ったので、お盆は国内にしたのだ。

彼女が余裕を持って実家にも帰れるようにと思ったのだが……。

「お盆に実家に帰らなくてよかったのか？」

「私が今年も帰らないって言ったから、沖縄に旅行に行くみたい。まあ、八月末に一泊くらいで帰ろうかな」

「八月末ね」

その時に一緒についていって挨拶をしよう。一緒に住む以上、彼女のご両親には
ちゃんと筋を通しておかないと。指輪も用意しないとな。

「そういえば、司さんも実家に帰らなくていいの？　お正月も帰らなかったよね？」

俺の家族のことに触れられ、苦笑いしながら答える。

「うちは家族がそんなに仲がよくないんだ。家族っていうか、ビジネスの関係。病院
で両親に会うし」

「え？　お父さまだけでなく、お母さまもお医者さまなの？」

俺の話に彼女が目を大きく見開いて驚く。

「そう」

「すごいなあ。医者一家だね」

羨望の眼差しを向けられたが、自慢に思ったことは一度もない。

「全然羨ましがられる家じゃない。雪のとこの方が羨ましいよ。拓海くんとのやり取
りを見て、温かい家庭で育ったんだって思った。俺は家族に愛されずに育ったからな」

「そんな……」

「もう俺は大人だし、雪が気にすることない」

「気にするよ。だって司さん……寂しそうな目をしてる」

俺を見つめてそう言うと、雪が俺に手を伸ばして抱き寄せた。

「もう寂しくないよ。私は……司さんのこ、恋人なんで」

「そうだな」

まあ、もうすぐ奥さんにするけど。

心の中でこっそり訂正しつつ、肝心なワードでつっかえる雪がかわいくて、クスッと笑ってしまう。

一生手放せないって改めて思う。

彼女をギュッとしながら微笑むと、片付けを再開して一時間ほどで作業を終えた。

「荷物があまりなくても、引っ越しって疲れるね」

畳んだ段ボールを廊下に置いた雪が、フーッと息を吐く。

「俺もドイツから戻った時は大変だったな」

「ああ、私が最初にここにお邪魔した頃もまだ開けてない段ボール箱がゲストルームにそのまま置いてあったよね」

「そうだったな。それを俺が仕事してる間に雪がせっせと片付けてくれて……。あの時は本当に助かった」

片付けは得意な方だが、なかなかまとまった時間が取れなかった。

「私の方が時間があったから。なんだか今でも信じられない。司さんの家に住むなんて」

フフッと嬉しそうに微笑む雪を見てほっこりするが、次の言葉を聞いて思わず目を細めてしまう。

「でも、しばらくはいつもの癖で前のアパートに帰りそう」

「帰るなよ。もし間違ったらタクシーで帰ってこいよ。ちゃんと解約したんだよな？」

心配でついつい確認してしまう。

「うん。今日で解約して鍵も返したよ」

これで東京で帰る場所はうちだけ。

その返事にホッとすると、彼女の服に目を向けた。

「服が少し汚れたな。雪、先にシャワー浴びてくれれば？」

「司さんが先でいいよ。家主だし」

ニコッと微笑む彼女の肩をポンと叩いた。

「今日から雪の家でもあるんだから、遠慮はなしだ」

「でも……」

「じゃあ、一緒に浴びれば問題ないだろ？」

ニヤリとして立ち上がると、雪をひょいと肩に担いでバスルームに強制連行した。

「え？ ちょ……ちょっと待って」

手足をバタバタさせる彼女に、ハハッと笑いながら注意する。

「こら暴れるな。落とすだろうが」

今回の引っ越し、一番喜んでいるのは俺なのかもしれない。


「風が気持ちいい」

雪の髪が風でなびく。

耳元の髪を押さえながら笑う彼女は、とても輝いて見えた。

「暑さがちょっと心配だったんだが、過ごしやすくてよかったよ」

ただいまの気温は三十度。お盆で暑いのは当然だが、東京と違ってムシムシしていないし、風もあっていくぶん心地よく感じる。

飛行機と電車とフェリーを乗り継いでやってきたのは、瀬戸内海に浮かぶとある島。観光地としても有名で、外国からの観光客も多い。

「実は密かに来たいと思ってたの。昔読んだ小説の舞台にもなってて」

道理でフェリーに乗った時からはしゃいでいたわけだ。フェリーに乗るまで彼女に行き先を内緒にしていた。

「なんの小説?」

「『あなたに会いたい』ってラノベなんだけど、……中学時代好きだった男の子が転校しちゃって、大人になってその男の子が医者になって戻ってくるっていう」

「へえ、同じ医者として興味あるな」

「アニメの映画にもなったんだよ。もう絵とかがすごく綺麗で素敵なの」

俺を見つめて力説する彼女がかわいい。

「じゃあ、東京に戻ったら一緒に観よう」

「うん」

ふたりでそんな話をしながらレンタカーに乗って島を回る。

海岸沿いをドライブしながら向かったのは、海のそばにある廃校を利用したカフェ。

車を降りるなり雪が目を潤ませて廃校を見つめている。

「どうした?」

「ここ、ラノベの舞台の学校なの」

それはもう興奮した様子で彼女は答える。

海外に連れていった時もかなり喜んでいたけど、それとはまた違った反応だ。

「思いがけず聖地巡礼となったわけだ」

クスッと笑って廃校に入ると、教室がそのままカフェになっていた。

壁には子供が書いた習字や絵が飾られている。

窓際の一番後ろの席に雪と並んで座ると、窓からは綺麗な海が見えた。

「わあ、主人公席だあ」

普段は大人しいのに俺がいるのを忘れてはしゃいでいる彼女がおもしろい。

子供みたいにくるくる変わる表情。

「主人公席？」

言葉の意味がよくわからなくて雪に確認すると、彼女がとびきりの笑顔で説明する。

「学園モノのアニメでよく主人公が座ってるのがこの席なの」

「へえ。雪といるといろいろ勉強になるな。なに頼む？」

机にあったメニューを雪に見せると、彼女の視線がある一点に注がれた。

「この給食セット食べてみたい」

「俺も同じのにする。でも、牛乳大丈夫か？　コーヒー牛乳に変えられるみたいだぞ」

雪は牛乳が苦手。コーヒーに入れる分にはいいが、シリアルに入れるのはダメで、シリアルをそのままスナック菓子のように食べている。

「あっ、ホントだ。コーヒー牛乳にしよう」

店員に頼むとすぐにトレーにのせられた給食が運ばれてきた。

カレー、揚げパン、サラダに冷凍みかん。

大人になって給食を食べるというのもなかなか新鮮だ。

「揚げパン懐かしい」

揚げパンを見て感動している雪を見て、なんだか俺も肩の力が抜けてリラックスしてきた。

「確かに。小学校以来かな」

俺がそんな話をすれば、雪が意外そうな顔をする。

「え？　中学は給食じゃなかったの？」

「中学はカフェテリアで食べてたな」

「カフェテリアってなんかお洒落。ふふっ、なんだか司さんと同級生になったみたい」

すごく幸せそうに笑うものだから、こっちもつられて笑顔になる。

スマホのカメラで雪の写真を撮っていたら、店員さんが気を遣って俺と雪のツーショットを撮影してくれた。

ふたりでいただきますをして食べ始めるが、隣の雪がコーヒー牛乳の瓶の蓋を開けるのに苦戦している。

「あれ？　あれ？　蓋開けるのってこんなに難しかったかな」

「貸してみろよ」

雪の手からコーヒー牛乳を奪って難なく蓋を開けると、雪が羨望の眼差しで俺を見つめてきた。

「さすが天才脳外科医。手先が器用」

「単に雪の爪が短いだけだ」

笑ってつっこみ、まず揚げパンから食べ始める。

「美味しいけど、甘いな」

「この甘さがいいの」

なんとも幸せそうに至福の笑みを浮かべながら彼女は揚げパンにかぶりつく。

「この島に来てからやたらテンションが高いじゃないか」

「ごめん。はしゃぎすぎかな？　司さんも楽しんでる？」

「ああ。楽しむ雪を見て楽しんでる」

頬杖をつきながら彼女を見つめ、ニコッとした。

「なにそれ?」

真顔で珍しく俺につっこんでくる雪を見て、クスッと笑ってしまう。

廃校のカフェを後にすると、次は島唯一の山の頂にある神社へ。ここはパワースポットになっていて、山の麓にある石段の周囲にはたくさんの観光客がいる。

「さすが観光地。なんか島の人口が全部集まってるような……」

雪が周囲を見て呆気に取られている。

山頂の神社までは千段以上ある石段を上るか、ロープウェイに乗っていくかの二通りの行き方があって、雪の希望を聞く。

「階段とロープウェイどっちがいい?」

「階段がいいな。ここも小説の舞台になってて、ヒロインが苦労して上ったの」

楽しげに笑う彼女のそばを、アニメの缶バッチをつけたファンらしきグループが通り過ぎる。

「聖地巡礼続きだな。階段で後悔するなよ」

フッと笑って言えば、彼女は自信ありげに返す。

「大丈夫。普段の通勤で鍛えてるから」

最初は笑っていた雪だったが、半分くらいまで来たところで息が上がってきた。

「――前言撤回。全然鍛えてなかった。司さん、先に行ってて。私はゆっくり行くから」

「置いて行けるわけないだろ」

雪の手を掴むと、彼女が「あっ、掴んじゃダメ」と声をあげる。

「なんで？」

「だって今すごく手汗かいてる」

恥ずかしそうに告白する雪のその言葉に脱力する。

「そんなの俺だってかくよ。人間なんだから当然だろ？」

「そうなんだけど……」

「いいから。雪が吐いた時だって汚いとは思わなかった」

ニヤリとして雪の手を強く握りながらそんな話題を出せば、彼女は顔を青くして謝った。

「……あの時は本当にすみませんでした」

すごく反省している時、決まって彼女は敬語になる。

「もういい加減お互い遠慮なんかいらない関係だってわかれよ」

雪の目を見て言い聞かせると、彼女がしっかりと俺の目を見つめて返す。

「うん」

彼女だからすべてを受け入れられる。

雪のペースに合わせて階段を上りきると、目の前に絶景が広がっていた。

「瀬戸内海が一望できるな。右が岡山で左が香川か」

フーッと息をつきながら景色を眺める俺を見て、彼女がハーッハーッと息を激しく吐きながら小さく笑った。

「上った甲斐あったね」

かなり体力を消耗してはいるようだが、この景色を見て少しは癒やされたんじゃないだろうか。

近くには赤い鳥居があって、その奥にある木に囲まれた境内には朱塗りの社殿が建っている。

「知ってたか？　ここの神社、大切な人と手を繋いでくると、願いが叶うらしい」

俺の話を聞いて、彼女が興味を示す。

「え？　そうなの？」

「ネットに書いてあった。まあ、どこでもありがちだけどな」

男の俺はそういう話に関心がないが、雪は結構本気にしているのか、すぐにお参りする気満々でバッグから財布を取り出す。

「そうだね。でも、しっかりお参りしよう。……あれ、小銭がない」

「じゃあ、これでふたり分」

財布からお札を抜き出せば、雪が驚きの声をあげる。

「そんなにいいの？」

「俺も小銭ないし、せっかく来たんだからちゃんとお参りしたいだろ？　ほら、待ってる人がいるから」

お札を賽銭箱に入れポンと雪の肩を叩いて急かせば、彼女が「あっ、はい」と手を合わせる。

雪とずっといられますように――。

今までたいしたお願いはしてこなかったが、今日は真剣に祈ってしまう。

祈り終えると、雪はまだ目を閉じてなにかを祈っていた。

「雪、そろそろ」

雪の腕を掴んで横にずれると、彼女が謝った。

「ごめん。つい長くなっちゃって」

「なにをそんなに熱心に祈ってた？　俺とずっと一緒にいたいとか？」

雪を見つめて思いついたまま言うと、彼女がちょっと狼狽えた様子で視線を逸らした。

「そ、それは内緒」

つっかえるってことは図星だな。ホントわかりやすい。

「俺は雪と一緒にいたいって願ったけどな」

「えっ、嘘？」

俺の話に驚く彼女の反応が気に食わない。

「嘘ってなんだよ」

わざと顔をしかめて説明を求めれば、彼女が思ったままを口にする。

「司さんがそんなお願いするなんて意外で」

「意外って……俺をなんだと思ってる？」

「恋愛に興味ないのに……」

確かに恋愛にずっと興味はなかったけど、今は違う。

「おい……。昔はそうだったけど、今も興味なかったら、一緒に旅行もしてないし、住んでもいない」

雪の心に訴えるように言えば、彼女がコクッと頷いた。

「な、なるほど」

「変な納得するな」

雪とそんなやり取りをしていたら、「いいなあ。私もあんなカッコいい彼氏欲しい」と女の子の声がした。

声の方へ目をやれば、地元の子らしき中学生の女の子たちと目が合って、「超絶美形〜」「きゃー、目合っちゃった〜」と騒がれる。

ちょっとおもしろくてニコッと微笑んだら、女の子たちに会釈された。

「モテモテだね」

雪がクスッと笑ってからかってきたので、彼女が赤面しそうな言葉でやり返す。

「俺はひとりの女に思われればそれで満足」

「そうなの？」

真面目に確認してきたので、ちょっとうんざりしながら返した。

「だからその意外そうな反応やめろよ。ちゃんと好きだって言っただろ？」

自分のことだと思っていないな。

昔は特定の彼女を作らず不特定多数の女とデートしたかもしれないが、雪と出会ってから俺は変わった。

「俺には雪だけだよ」

雪に顔を近づけて囁けば、彼女の顔が真っ赤になり、また女子中学生の声が聞こえた。

「キャー、美男美女でお似合い」

「ホント、ドラマみたい」

その黄色い悲鳴にクスクス笑ってしまう。

俺と雪のことを褒められて嬉しかったんだ。

「お似合いだってさ」

雪の手を掴んで歩き出すと、彼女が照れながらボソッと言う。

「ちゃんと恋人に見えるかな?」

「見えてなかったらお似合いなんて言わないだろ? 俺のパートナーとして自信持てよ」

俺の言葉に彼女がはにかみながら頷いた。

「うん」

「さあて、じゃあ下りるか」

石段の方に歩いていこうとすると、雪が少し青い顔で立ち止まる。

「えっ、ちょっと休んでからにしない？ 膝が笑ってて……」

「冗談だよ。そこのお茶屋で休んでいこう」

近くにあるお茶屋を指差せば、彼女がホッとした顔をする。

「よかったあ。今下りたら絶対に転けそうで」

「日頃の運動不足が露呈したな。帰りはロープウェイにしよう」

「それは助かるけど、ご利益半減しないかな？」

心配そうに確認してくる彼女に、不敵に笑った。

「しないだろ。お賽銭はずんだからな」

「うわあ、素敵～」

神社を後にした私たちは、海辺にあるラグジュアリーな宿にやってきた。

ブラウンを基調とした二十帖ほどの和風のリビングに、キングサイズとセミダブルのベッドが二台置かれた寝室が二部屋。露天風呂付きのテラスには専用の桟橋（さんばし）があって、目の前は海。

一年前にリノベーションしたとかで、どこも綺麗で、畳もい草のいい匂いがする。心が安らぐ極上の空間。アメニティーも高級ブランドのものを揃えていて、女性としてはテンションが上がる。

「大学の後輩がここのオーナーしてて来てみたんだ……って、雪も知ってる奴」

司さんが思い出したように付け加えるが、彼の言葉に首を傾げて聞き返した。

「私も知ってる……？　ひょっとして天文部の？」

「そう。親の跡を継いだらしくて。毎年来い来いって年賀状が来てたんだ」

楽しげに司さんが話すが、誰なのか見当もつかない。

そもそも天文部に親しい人なんていなかったし、多分会ってもわからないだろう。

そんなことを考えながら部屋の中を見ていたら、部屋に案内してくれた仲居さんが抹茶を点てくれた。

「さあ、どうぞ。ゆっくり休んでください」

立ち上がって部屋を出ていく仲居さんに、司さんが礼を言う。

「ありがとうございます。雪、抹茶飲んで少し休めよ。温泉まんじゅうもあるし」

「あっ、うん。でも、さっきお茶屋さんでもみたらし団子食べたし、太らないかな?」

「あの地獄の階段上ったから、そのくらい食べても平気だ。雪はもともとほっそりしてるし、もっと太ってもいいくらいだよ」

「そうかな?」

太った方が彼の好みなのだろうか?

「といっても、今の雪の身体に不満があるわけじゃない」

ニヤリとする彼の言葉を聞いて、顔がカーッと熱くなる。

「司さん!」

名前を呼んで抗議したら、部屋のインターホンが鳴って誰かが入ってきた。

てっきり先ほどの仲居さんが戻ってきたのかと思ったのだけれど、現れたのはスーツ姿の三十代くらいの男性。

「岡本先輩、来るなら来るって言ってくださいよ」

司さんを見るなり文句を言いながら近づいてくる様子は、なんだか人懐っこい犬のよう。司さんもその男性を見て相好を崩した。

「悪い。いろいろ忙しくてな」

「俺の連絡先知ってるでしょう？　もうこんな美人連れてきて。どこに隠してたんですか？　あっ、失礼。私はここのオーナーの柿崎と申します」

私の視線に気づいたその男性はころっと表情を変え、営業スマイルで私に名刺を差し出す。

「どうもありがとうございます」

軽く会釈しながら名刺を受け取る。

この男性がさっき話に出た天文部のメンバーらしいが、誰だか全然思い出せない。

「柿崎、彼女は大学の後輩。お前も知ってるはずだ」

「え？　俺も知ってる？　こんな清楚系の美人、俺が見逃すはずが……」

「これ見ても思い出せないか？」

司さんがスマホの画面を自慢げにオーナーに見せたものだから慌てた。

「ちょっ……司さん、そんな写真見せないで！」

私のショートカット時代の写真。男の子に間違えられたこともあるから、他人に見られたくない。

「なんで？　かわいいじゃないか」

文句を言う私に司さんが笑顔で返すが、オーナーも記憶にはないようで首を捻っている。

「ショートでメガネ……え？　あっ？　え？」

私もジーッとオーナーを見るが、ピンとこない。そもそも幽霊部員だった私がわかるわけがないのだ。

黙り込む私に、司さんが楽しげにヒントを出す。

「雪も思い出せないのか？　こいつは飲み会で雪を男と間違えて胸を触ろうとしたんだ」

「「あ～！」」

思いがけずオーナーとハモった。

「金髪の先輩……？」

なんとなく面影があるよう……な。

私がそう言えば、オーナーもまじまじと私を見て信じられないといった顔で呟く。

「メガネでやせ細ったチビ……？」

「やっと思い出したか。柿崎、人の女にその言葉は失礼だろ？」

「あっ、はい。すみません。当時のことも申し訳ありませんでした。飲み会の後も岡本先輩に絞られて……」

反省した様子で謝る柿崎先輩を見て、恐縮してしまう。

「いえ、男の子みたいだったのは事実ですから。なんだかすみません」

司さんの前では大学時代のちょっとやんちゃなイメージの彼に戻るけど、今は有能なオーナーなのだろう。

「いえいえ。俺が悪かったので……。ああ、なんか感慨深いなあ。今日はシャンパンサービスさせてもらいます」

柿崎先輩がニコッと笑顔で言うが、司さんはそれでは不服だったようで……。

「俺の女の胸触ろうとしてたのにそれだけか？」

『俺の女』というワードに照れつつ、司さんを止める。

「司さん、もういいよ」

「ああ～、宿泊料金もサービスさせてもらいます！　その代わり、また来てくださいよ」

司さんの圧に負け、髪をグシャッとかき上げながら言う柿崎先輩を見て、司さんがククッと笑う。

「冗談だよ」

「いや、俺の気持ちです。あの時は本当にすみませんでした。岡本先輩をよろしくお願いします」

柿崎先輩が私の両手をギュッと握ると、すかさず司さんが彼の手を叩いてやんわりと注意する。

「だから、俺の女に触るなよ」

「す、すみません。でも、誰にも本気にならなかった先輩が嫉妬するなんて、相当惚(ほ)れてるんですね。いやあ、珍しいもの見れて嬉しいですよ」

大学の時は苦手意識があったけど、顔をくしゃくしゃにして笑う柿崎先輩を見て、いい人なんだと思った。

「今日は祭りがあって、午後七時に部屋から花火が見られるので楽しんでください。食事も特別に桟橋に用意しますよ。では」

ニコッと笑い、一礼して部屋を退出する柿崎先輩を見て、司さんがしみじみと言う。

「大学時代はチャラチャラしてたんだが、すっかりビジネスマンになったな」

「人って変わるものですね」

金髪だったから不良みたいで近づきにくい印象だったけれど、今会ってみるとなかなかの好青年だ。

「雪もな。付き合いだした頃は指が触れただけで大騒ぎしてたのに、今では俺にキスを催促してくるもんな」

色気ダダ漏れの流し目で私を見てくるが、なんとか見惚(みと)れずに言い返した。

「催促してません！」

「いや、雪の目が誘ってる。キスしてって」

司さんがガシッと私の頭を掴んでキスしてきた。

柔らかなその唇に触れられると、もうなにも反論できなくなる。

だって彼のキスはとても甘くて優しいのだ。

キスを終わらせた彼が、目を光らせて私をからかう。

「みたらし団子の味がする」

キスがみたらし団子の味と言われるのは恥ずかしい。でも、団子を食べたのは私だけじゃない。

「つ、司さんだって食べたでしょう！」

恥ずかしく思いながらも強く言い返したら、彼が甘い目で私を見つめてきた。

「そうだな。どっちも美味しかった」

「どっちもって……」

司さんのコメントに思わず絶句してしまう。

どうしてそんな恥ずかしい言葉を簡単に口にできるのか。

固まる私を見て彼はフッと笑い、話題をすぐに変える。

「ほら、早くまんじゅう食って、風呂に入ろう」

「は、はい」

……キスされた唇がまだ熱い。

抹茶とまんじゅうをいただくと、部屋にある露天風呂に入ることになった。

ふたりで脱衣所に行くが、司さんがいると思うとすぐに裸になれない。

ゆっくりボタンを外して時間を稼いでいたのだけれど、彼はあっという間に服を脱ぐ。

「先に行ってる」

そう声をかけられて反射的に彼の裸を見てしまい、心の中でギャーと悲鳴をあげながらギュッと目を閉じた。

そんな私が目に入ったのだろう。クスッという彼の笑い声が聞こえて、浴場の扉が開く音がする。

もう行ったかな?

すぐに扉が閉まる音がして目を開けると、ハーッと息を吐いた。

一緒にお風呂に入るのは初めてではないけど、やっぱりまだ恥ずかしい。

いつか平気になる日が来るのだろうか。うーん、一生来ないかも。

弟がいるから男性の半裸は見慣れているはずなんだけどな。

そんなことを考えながら服を脱いで浴場に行くと、司さんはもう湯船に浸かっていた。目の前にある海をじっと見ていて、その姿がすごく絵になる。

あっ、見惚れてる場合じゃない。さっさと身体を洗わなきゃ。

風呂の横にある洗い場で身体を洗い、湯船に入ると司さんが私の方を見た。

「やっと来た。やけに時間がかかったな」

「ごめん」

思わず謝る私を見つめ、彼が楽しげに目を光らせる。

「ゆっくり浸かるといい。石段での疲れも癒える。なんなら俺がマッサージしようか?」

「天才脳外科医の手を私のマッサージに使っちゃダメだよ。手術のために温存しておいて」

真顔で断ると、彼がわざと残念そうな顔をする。

「手術の練習になるのにな」

緊張している私をリラックスさせようとしているのだろう。

「ならないよ。……ところでここの温泉赤く濁ってるね。肌にしっとりなじむ」

手でお湯をすくってそんな話をすれば、「どれどれ」と彼が私の腕に触れてくる。

「そうだな。いつもより潤ってる」

「お湯に浸かってるからだよ」

すかさずつっこむと、彼がハハッと声を出して笑った。

「雪にしてはいいつっこみ。……実は、柿崎に雪を会わせたくてここに連れてきたんだ」

「柿崎さんに?」

てっきり気まぐれでここにしたのかと思ってた。

「雪はこんな綺麗な女なんだって証明したかった。あと、俺の女で羨ましいだろって」

ニヤリとして彼が私の頬に手を添えてくるので、ドキドキしながら返す。

「な、なに、それ。自慢にならないよ」

「まあ聞けよ。出会いって繋がってて、大学時代に俺たちは出会って、そして海人たちの結婚祝いのパーティーで再会して一緒にいる。柿崎との一件も雪のことを印象づけるような出来事だったし、なにか運命的なものを感じたんだ」

「司さん……」

私が柿崎さんに絡まれたから司さんの記憶に残っていたんだろうな。あの時は琴音が闘病中だったから、自分は楽しんじゃいけないって、隅っこで大人しくしていたし。

「柿崎にも雪とこうして一緒にいられることを感謝したい気分だったんだよ」

「私も……司さんと柿崎さんに感謝したい。連れてきてくれてありがとう」

今日の柿崎さんとの再会で、あの時のことがいい思い出に変わった。

それに、私と司さんにとって欠けちゃいけないピース。

笑顔で礼を言ったら、彼がじっと私を見つめてきて心臓がトクンと跳ねた。

キスされる！

そう思って目を閉じたのだけど、なにも起こらない。

あれ？

うっすら目を開けると、彼がおもしろそうに私を見ていて……。

「キスすると思っただろ？」

「お、思ってません」

必死に否定するけど、彼にはバレバレだった。

「その反応は図星だな」

「だから違います！」

「敬語で否定するってことはそうなんだよ。ずっと一緒にいるんだ。それくらいわかる」

「もう……意地悪しないで」

彼と違って恋愛経験がないから、こういう駆け引きは苦手だ。顔に全部気持ちが出てしまう。

「悪い。今キスしたら夕飯どころじゃなくなるだろ？」

司さんの言葉を聞いて、彼と抱き合う姿がパッと頭に浮かぶ。

確かにキスだけで終わらないかも。

「……そうですね」

少し考えて納得する私を彼が弄ってくる。

「そうですねってなに？　やらしい想像でもした？」

否定できなかったから、恥ずかしさを隠すために怒った。

「もう司さん！」

「十年後も二十年後もこうやって雪をからかいたい」

悪戯っぽく笑っているけど、司さんはどういう意味で言っているのだろう。

こうして未来の話を口にしても、結婚したいと言われたことはない。

彼にとって恋と結婚は別なのかな？

私との将来をどう考えているのか聞いてみたいが、彼が結婚嫌いなのを知っているから勇気が出せない。

それに、司さんに結婚する気がないとしても、このまま彼のそばにいられるならそれで構わなかった。

十年後も二十年後も彼と一緒にいたい——。


お風呂から上がると、脱衣所にあった浴衣に着替える。

男性用は紺の無地で、女性用は昭和レトロな朝顔の柄。

浴衣姿の司さんがとっても色っぽくて、見入ってしまう。

先に着替え終わった彼が髪を乾かすのをじっと見ていたら、目が合った。

「そんなにドライヤーが欲しいか？」

「ち、違います」

見てたのバレた。

あたふたしながら否定したら、彼が私に顔を寄せて追及してくる。

「だったら、なんでじっと見ていた？」

「なんとなく見ちゃったの」

少し身体を後ろに反らしながら言い返すが、彼は信じない。

「ふーん、なんとなくね。俺に見惚れてただろ？」

「……見惚れてません」

まんまと言い当てられるが、認めるのが恥ずかしくて少し視線を逸らしながら嘘をつく。

「ひとつ教えてやる。目を逸らすと嘘だってわかる。ほらドライヤー、しっかり乾かせよ」

フッと笑って私にドライヤーを手渡すと、彼は脱衣所を出ていく。

あ〜、私ってどうしてポーカーフェイスができないんだろう。

でも、あんなに色気があってカッコいいんだもの。見ちゃうよ。

私も髪を乾かすと、髪をシュシュで結んで脱衣所を出る。

和室に司さんの姿がなくて桟橋に出たら、二脚並んでいる椅子に彼が座っていた。

その姿がまたカッコよくてスマホのカメラで写真を撮ると、司さんに気づかれて注意された。

「なにを盗撮してるんだ？」

「司さんがカッコよかったから壁紙にするの」

司さんだって私の写真を壁紙にしているので開き直ってそう言ったら、彼が小さく笑った。

「物好きだな。じゃあ俺も」

彼もスマホを出して私の写真をパシャリ。

「え？」

司さんの行動に驚いていると、彼が撮った画像を見ながら言い訳する。

「色っぽいから撮った。浴衣いいな。初めて見るけど」

「恥ずかしいからそんな見ないで。司さんの方が絶対に色っぽいよ。もうひと目見ただけで世の女性はみんなメロメロになっちゃう」

「雪は俺にメロメロになってんの？」

この人は今さらなにを聞くのだろう。私の気持ちなんて知ってるはずなのに……。

「……出会った時からなってるよ」

もう自棄（やけ）になって言い返せば、彼は嬉しそうに微笑した。

「雪にしては思い切った告白……あっ、いや、海人の結婚祝いのパーティーの時の方が衝撃的だったな」

どこか遠くを見つめ、彼がクスッと笑う。

きっとあのとんでもない私の告白を思い出しているのだろう。

「あれは……もう二度と会えないかもしれないと思ったから死ぬ気で頑張ったの」

「死ぬ気で……か。そんな簡単に死なれたら困るけどな」

そんな話をしているうちに花火が上がり、料理が運ばれてきた。

地元の海の幸と山の幸をふんだんに使った和洋折衷懐石。

マグロとアボカドの前菜、とうもろこしとしし唐のかき揚げ、カツオや鯛（たい）、エビのお造り、黒毛和牛の陶板焼きステーキ……など豪華だ。

でも、食前酒にシャンパンが出されて、グラスを手にしたもののちょっと躊躇した。

「私はソフトドリンクにしようかな」

「旅行なんだからいいよ。酔っても俺が許す。石段千段、大変だったな。お疲れ」

司さんが楽しそうに私を弄りながらグラスを重ねて乾杯するが、苦笑いして返す。

「帰りはロープウェイ乗ってズルしたけど」

前に酔って醜態を晒したから味見程度にいただくけど、これがとても美味しい。

「すごくフルーティーで飲みやすい」

私の感想を聞いて、司さんがフッと微笑する。

「さすが柿崎、女の好みをわかってるな」

「でも、これでやめておくから」

やはり前回のやらかしが忘れられない。

自分に言い聞かせるように言うが、彼は私に甘かった。

「俺がいるんだから好きなだけ飲めばいい。酔った雪が見たい」

「そんなこと言って、どうなっても知らないよ。悪酔いしても怒らないでね」

一杯だけのつもりが、グラスが空になると彼がすかさず注いでくる。

「ちょっ……司さん！」

「いいから飲めよ。あとは寝るだけだし。ほら、花火が綺麗だな」

司さんが話を変えてくるものだから、まんまとそっちに気を取られ、夜空に咲く花火を見てにっこりと微笑んだ。

「本当に綺麗。最近のは立体的だね。花火も進化しててビックリ」

ふたりで浴衣を着て、美味しいものを食べながら花火を見て……これって最高の贅沢。

彼と一緒に住んでこんな風に旅行するなんて、片思いしていた頃は想像もしていなかった。

「大学の時に私……司さんに会って救われたの。琴音が闘病中でキャンパスライフを楽しんじゃいけないって思ってた私に、司さんが綺麗な月を見せてくれて……優しくしてくれて……」

ヘアドネーションしたものの、それは自己満足に過ぎないって思ってしまって、琴音のいない大学生活を心から楽しめなかった。

そんな時、天文部の観望会に参加して、司さんに出会い……恋をした。

「俺の顔に惚れたんじゃなかったんだ？」

いいタイミングで彼が口元をニヤッとさせてからかってきて、知らず笑みがこぼれた。

「顔ももちろん好きだけど、ポツンとひとりでいた私に声をかけてくれたのは司さんだけだった。あの時見た月は本当に泣けてくるくらい綺麗で、私に元気をくれたの」

琴音がいつでも大学に戻ってこられるよう私も頑張らなきゃって……。

「そうだったんだな」

「それからはキャンパスで司さんを見つけるのが私の楽しみになって……」

「声をかけてくれればよかったのに」

「美人の先輩に囲まれてて、声なんてかけられなかったよ」

お酒を飲んだせいだろうか。ついつい恨みがましい口調で言うと、彼がちょっと気まずそうな顔をする。

「……ああ。だが、本気で付き合った女なんていなかった。お前だけだよ」

言葉でもそう言ってくれるし、行動でも私だけだと示してくれるのは嬉しい。

でも……それでもこんなにハイスペックな彼と付き合うのは不安なのだ。

いつか私に飽きて、彼は別の女性を選ぶんじゃないかって……。

考えてみたら、ペットでもいいからとは告白したけど、彼にちゃんと好きとは伝えていない。

「司さん、今さらかもしれないけれど、私……司さんが好き」

ドンと大きく花火が上がる中、彼に自分の思いを告げる。しかし、彼が耳に手を当てて聞き返してきた。

「なに？　花火の音で聞こえない」

嘘。一生懸命告白したのに聞こえなかったの？

「だから、司さんが好き」

もう一度言うが、彼に笑顔でダメだしされる。

「聞こえない。もう一度」

え？　まだ聞こえないの？

「司さんが好き〜！」

花火の音に負けないくらい空に向かって叫べば、彼が嬉しそうに微笑んだ。

「うん。知ってる」

「もう！　絶対聞こえてたでしょう？　何度言わすの！」

「悪い。かわいくてつい」

悪戯っぽく目を光らせる彼を見て、「ドS」とボソッと罵る。

「そのドSの俺が好きなんだろ？」

俺様な態度で確認してくる彼にムッとしてしまう。

もうホント、カッコいいって罪だと思う。

「司さん……その浴衣姿、誰にも見せちゃダメだよ」

独占欲剥き出しでそんな発言をすれば、彼が怪訝な顔をする。

「は？　急にどうした……って、目が据わってきてるな。酔ったのか？」

「酔ってましぇんよ。とにかく見せちゃダメ」

思ったことをそのまま口にすれば、彼が興味深げに理由を聞いてくる。

「どうして？」

「だって……女性はみんな司しゃんに恋しちゃう。それは困るの。私だけを見てほしい……」

「お前しか見ないよ。今もこれからも」

「誰にでもしょんな甘いこと言って……」

私にだけ優しくしてほしい。

「言ってないって。もう呂律も回ってないぞ。かわいいやつ」

クスクスと楽しそうに笑う彼をジーッと見据えた。

「ちゃんと喋ってましゅよ。話逸らしゃないで」

「はいはい。ちゃんと聞いてるから」

「なんで笑うんでしゅか」

「悪い。……もうおもしろ……いや、かわいくてツボる」

彼がククッと肩を震わせて笑いを堪えるものだから、文句を言う。

「私は真剣なのに……」

「真剣なわりには俺が前にした約束忘れてるだろ？」

「やくしょく……？」

首を傾げて聞き返すが、なんだか司さんの顔がボヤけてきた。

それに頭もなんだかふわふわしている。

「ほら、覚えてない。まあ、また言うからいいけどな」

ハハッと笑う司さんの声までもが遠く感じた。

目を何度か瞬いても視界がぼんやりしていて……。

そこから記憶がない。

ハッと目を開けた時はベッドに寝ていた。

部屋にはベッドサイドのライトがついているだけ。隣に司さんの姿はない。

自分でベッドに横になった記憶はないから、きっと司さんが運んでくれたのだろう。

ああ～、シャンパン飲みすぎたかも。また司さんに迷惑をかけちゃった。

「今……何時だろ？」

起き上がろうとしたら、司さんが部屋に現れた。

「あれっ？　起きたのか？」

「うん。今起きたんだけど……私寝ちゃったみたいでごめんなさい」

「謝るなよ。俺が飲ませたんだから。雪は飲むと普段言わない本音を口にするよな」

思い出すようにそんな言葉を彼が口にするものだから、不安になった。

「私……なに言ったの？」

すごく嫌な予感がする。

「俺の浴衣姿、誰にも見せるなって」

「あー、あー、ごめんなさい。酔っぱらいの戯れ言なので忘れてください」

恥ずかしすぎてそれ以上聞けない。私ってば、なんてことを言ってるのだろう。

両手で顔を覆っていたら、彼が私のベッドに入ってきた。

「だから謝るなよ。かわいかったんだから」

私の両手を掴んで顔から剥がすと、司さんが目を合わせてきた。

「全然かわいくない。そんな我儘言うなんて……」

「いいじゃないか、我儘。それだけ俺に惚れてるってことだろ？　もっと言えよ」

「嫌いになられたら困る」

「ならないよ。俺が許すんだから」

俺様なんだけど甘い声で言って、彼は私の唇を奪う。

「……んん!?」

司さんはくぐもった声をあげる私の口を緩急をつけて甘噛みしながら命じる。

「雪も浴衣姿、他の男に見せるなよ」

「どうし……て？　……あん!?」

理由を尋ねたら、ベッドに組み敷かれた。

「雪は俺のものだから」

その独占欲剥き出しな発言が嬉しい。

「そんな心配……いらないのに」

彼のキスを受けながら返すと、耳を疑うような言葉を言われた。

「雪は自分がモテるってもっと自覚しろよ」

「全然モテな……い」

吐息と共に全否定するが、彼は信じてくれない。

「同僚の男も幼馴染の男も雪に気があるように見えたが」

「そんなの……気のせい」

私は司さんのように誰もが振り返る美形じゃないし、人を引きつけるオーラもない。

「それが無自覚だって言ってるんだ」

「だって……告白なんてされたことな……ん⁉」

「もう黙れよ。この身体に教えてやる。誰よりも綺麗だって」

司さんが私の浴衣を脱がし、ブラもあっという間に取り去ると、耳を甘噛みしながら胸を揉み上げてきた。

「あっ……」と声をあげてもだえる。

「相変わらず感じやすいな」

クスッと笑って彼は私の首筋に唇を這わせ、胸の先端を弄ってきた。

その刺激でたまらず「ああん！」と喘ぎ、目を閉じる。

「目を閉じるな。誰がお前を抱いているのかちゃんと見ろ」

彼に注意され、驚いて目を開けた。

普段愛し合う時は、そんなことは言われない。ただ彼の愛撫に身を任せる。

そう。いつもずっと受け身だった。

「司さん……？」

「俺が触れるのは雪だけだ。俺に触れるのを許すのも雪だけ。他の女なんてどうでもいい。いい加減わかれよ」

司さんはどこか熱い目でそう命じながら私の胸を鷲掴みにし、再び私の唇にキスをしてきた。

クチュッと部屋に響く水音。

角度を変えて私の下唇を食(は)んだかと思ったら、歯列を割って彼の舌が口内に入ってくる。

私がビックリして目を見開いていると、彼は舌を絡めて吸い上げながら私の脇腹から胸へと手を這わせる。

その動きがなんとも色っぽく、たまらず快感で身体がうずいて、ギュッとシーツを足の指で掴んだ。

「もっと乱れろ」

そんな私を見て彼はフッと喉の奥で笑いながら、私の胸をパクッと咥(くわ)え、先端を舌でねっとりと舐(な)め上げる。

「ああ……あああん!」

休む間もなく彼は背中を撫で回すと、私のショーツに手をかけた。

ハッとした瞬間には脱がされ、彼の手が私の秘部に触れる。

「もう準備できてるな。そんなに俺が欲しかったか？」

「……違う」

はしたない女とは思われたくなくて反射的に否定すると、彼は指を私の中に入れてきた。

「違わないだろ？　こんなに濡らして」

「……意地悪」

ボソッと恨み言を言えば、彼が身体を重ねてきた。

「そんな意地悪な男を好きになったのはお前だろ」

私の腰を掴んで彼が突き上げてくる。

「あっ……ああ……ああん！」

淫らな声が止まらないし、胸が彼の動きに連動して大きく揺れる。

「俺もお前の一途さに惚れてるんだよ」

司さんが私を抱き上げ、コツンと私の額に自分の額を押しつけると、熱く口づけた。

もっと司さんが欲しくて、彼の背中に手を回す。

全身で感じる彼の体――。

「雪、愛してる」

愛おしげに囁いて、彼は腰を動かす。

そのまま互いに最高潮に達すると、彼の腕の中で眠りについた。


「こういうゆったりした旅行もいいね」

最後に窓からの景色を眺め、司さんに目を向けると、彼が小さく頷いた。

「忙しい日常を忘れたな」

四日間、島で観光やレジャーをしてのんびり過ごし、今日はチェックアウトの日。

スーツケースを転がして部屋を出ると、エレベーターに乗った。

ホテルも豪華だったけど、ずっと司さんを独占してすごく贅沢な時間だった。

最後に柿崎さんに会えるといいな。

そんなことを考えていたら、フロントのある一階にエレベーターが着いた。

私たちが降りるのと入れ違いで、三歳くらいの女の子を連れた家族がやってきた。

お父さんとお母さんがスーツケースに気を取られている間に、女の子が扉に挟まれそうになり……。

「危ない！」

咄嗟に司さんが女の子を庇うが、私も反射的に動いてふたりを守るように覆いかぶさった。

ゴンと音がして、身体がドアに挟まる。

「痛っ……」

思わず顔をしかめて声をあげたら、司さんが「雪、大丈夫か？」とひどく驚いた様子で声をかけてきた。

「大丈夫」

両肩に扉がぶつかってちょっと痛かったが笑顔で返すと、司さんはホッとした顔をして、女の子に目を向けた。

「お嬢ちゃん、大丈夫？」

優しく声をかけられ、女の子は「うん。ありがとう」とにっこり笑う。ご両親も「ありがとうございました」と私たちにお礼を言ってきた。

そこへフロントの方から柿崎さんが飛んでくる。

「お客さま、大丈夫ですか？」

「ああ」

司さんが柿崎さんにそう返事をして、家族連れにエレベーターにそのまま乗るよう促す。

「こちらは大丈夫なので、もう行ってください」

扉が閉まると、司さんは私の手を掴んで柿崎さんにまた視線を戻した。

「柿崎、近くに個室がないか？　彼女が怪我をしてないか確認したい」

「司さん、本当に大丈夫だから」

ちょっと痛む程度だし、あまり面倒をかけたくない。

「その判断は俺がする」

私の言葉を聞いても、司さんは頑として譲らなかった。

「岡本先輩、こっちです」

柿崎さんがフロントの隣にある個室に私と司さんを案内する。そこは十畳くらいの部屋で、応接セットが置いてあった。

「一応救急箱を置いておきます。なにかあれば呼んでください」

柿崎さんが部屋を出ていくと、司さんが私の服を掴んだ。

「上、脱いで」

「いやいや、ホント大丈夫だから」

手を左右に振って断ったが、彼が私のシャツに手をかけて強引に脱がす。

「肩甲骨に青あざができてるじゃないか」

「たまたま身体が動いちゃって……」

別に大怪我をしたわけじゃない。ドアに挟まれたのが司さんじゃなくてよかった。彼の手は神の手だ。怪我をしたら患者を救えなくなる。

「俺を庇ったんだろ。馬鹿だな」

「だからたまたまだよ。私、運動神経ないからドアを避けきれなかったの」

「この程度なら冷やさなくても大丈夫だが、もうするなよ。俺の心臓が持たない」

司さんがそっと私を抱きしめてきて、ドキッとした。

「うん」と返事をしたものの、それは本心ではなかった。同じようなことが起こればまた彼を庇うだろう。

司さんに服を着せてもらって個室を出ると、柿崎さんが心配そうに声をかけてきた。

「病院行きますか？」

「いや、そこまでは大丈夫。医者の俺もいるから。世話になったな」

ポンと司さんが柿崎さんの肩を叩いて礼を言うと、私も笑顔を作って挨拶する。

「とっても癒やされました。また来ます」

「お待ちしております。次は十泊くらいでどうですか？」

柿崎さんがニコッと笑顔でそんな冗談を言うと、司さんがすかさず返す。

「そんなに休みは取れない。でも、また来るよ。雪と一緒に」

柿崎さんに見せつけるように司さんが私の手を握ってきて、恥ずかしくて顔が熱くなる。

「ちょっ……司さん」

小声で抗議する私を見て、司さんと柿崎さんは笑っていた。


ホテルをチェックアウトすると、フェリーに乗るため車で港へ。

「素敵な宿だったね。また仕事頑張ろうって思える」

私がそんな感想を言ったら、車を運転している司さんが穏やかに微笑んだ。

「それはよかった。定宿決定だな」

レンタカーを返却してフェリー乗り場に向かうと、ターコイズブルーのワンピースを着た女性がフェリーから降りてきて司さんを見て軽く手を上げた。

「あら、司～！」

「篠田……？」

女優のように華やかな女性を見て、司さんが少し驚いた顔をする。

「旅行で来たの？」

女性が親しげに聞くと、司さんは小さく頷いた。

「ああ。今日東京へ帰る。そっちは？」

「里帰りよ。そちらの女性は？」

女性が司さんの横にいる私に目を向けてくる。いつも司さんに声をかける女性は私には目もくれないのに、この人は違う。こういうパターンは初めてだ。

「俺のパートナーの朝井雪」

司さんがどう答えるか身構えてしまったのだけれど、彼は当然のように私の肩に手をかけて、私に彼女を紹介する。

「雪、彼女はうちの病院で皮膚科医をしている篠田先生」

「どうも。朝井です」

司さんの同僚……。

ペコッと軽く会釈すると、篠田先生が笑顔で挨拶を返した。

「篠田です。司先生とは大学が一緒だったの。特定の彼女を作らなかったのに、こんなかわいい子を隠してたなんて。司先生のファンは嘆くわね」

今度は私を気にしてか、『司』じゃなくて『司先生』と言い直してきた。

「別に隠してはいない」

篠田先生にからかわれても司さんは平然としているけど、彼女はいいネタを仕入れたとばかりに弄る。

「こういう子がタイプだったとはね」

このふたり、仲がよさそう。そういえば……大学が一緒って……。彼女、大学のミスコンで何年も連続で優勝してた人だ。

「人の好みなんて篠田には関係ない──」

司さんが言い返したその時、女性の叫び声がした。

「誰か、誰か助けてください！　子供がスーパーボールを飲み込んでしまって……」

母親らしき女性が、五歳くらいの男の子を抱きかかえている。恐らくフェリーからたった今降りてきたのだろう。司さんがすぐに駆け寄り、男の子の状態を診る。

「どのくらいのサイズのボールを飲み込んだんですか？」

司さんが質問するが、母親は「直径一センチくらい……いえ、もっと大きかったかも……」とパニックになっている。

「喉に詰まっているようですね」

司さんはやはり冷静で、男の子の口の中を確認して私に指示を出す。

「……息をしていない。雪、救急車を」

私が慌ててスマホを出して連絡をすると、急に姿を消していた篠田先生がフェリーから降りてくるのが見えた。その手には救急箱やＡＥＤがある。咄嗟に動けるのはさすがだ。

「篠田、ペンを持ってないか？」

自分の横で救急箱を開けて消毒薬を手にする篠田先生に司さんが目をやった。

「あるわよ。ナイフも船長から借りたわ」

篠田先生がナイフを消毒して手渡すと、司さんはそばにいた母親に声をかけた。

「僕は外科医です。呼吸をしてないので、応急処置で気道を確保します」

落ち着いた声で説明しながら司さんが男の子の喉を切開しようとしたら、それを見た母親が取り乱して止めに入る。

「ま、待ってください。こんなところで喉を切るなんて……」

「お母さん、大丈夫ですよ。これで空気の通り道を作るんです。なんの心配もいりません」

篠田先生がすかさず母親を宥めると、母親は不安そうな顔をしつつも一歩引いた。心配で仕方がないのだろう。私を含め周囲にいた人もハラハラしながら司さんたちの処置を見守った。

周りにたくさん人がいても司さんは動じず、右手を出して篠田先生に声をかける。

「篠田、ペン」

「はい」と手術道具のように篠田先生がペンを手渡すと、司さんは中身を抜いて切開したところに突き刺す。

「とりあえず、これでしばらく大丈夫だな」

ペンの筒に顔を近づけて気道が確保されたのを確認し、フーッと息を吐く司さん。

ふたりの医者の活躍に、周囲にいた人たちは安堵していた。私も慌てず冷静に対処したふたりにただただ感心するばかりだった。

「ふたりとも息がぴったりね」「なんだか美男美女でお似合いね」なんて声があちこちから聞こえてきて、チクッと胸が痛む。

しばらくして救急車が到着すると、司さんが救急隊員に状況を伝えた。

「私が同乗するからあとは任せて。司はフェリーの時間もあるでしょう?」

男の子が担架で運ばれるのを見届けていた司さんの背中を、篠田先生が軽く叩いた。

「サンキュ。頼むよ」

司さんの言葉に篠田先生は小さく頷き、救急車に乗り込む。

「男の子、すぐに元気になるといいな」

救急車を見送りながらそんな言葉を呟けば、横にいた司さんが安心させるように私の肩にポンと手を置いた。

「処置が早かったから、救急で異物を取ってもらえばすぐに元気になるさ」

「不謹慎かもしれないけど、司さんがお医者さんのお仕事してるとこ初めて見て感動しちゃった。篠田先生との連携もすごかったね」

私はなにもできず見ていただけ。篠田先生みたいに司さんのサポートができたらよかったのに……と、考えてしまう。

「雪も救急車呼んでくれたじゃないか」

私がちょっと落ち込んでいるのを察して、司さんが元気づける。

「司さんに指示されなかったら、なにもできなかったよ」

「普通は言われてもおろおろするさ。それに、エレベーターのドアに挟まれそうになった俺を咄嗟に庇うなんて、なかなかできることじゃない」

エレベーターでのことを持ち出され、彼が気にしないように返す。

「あれは本当に偶然挟まっただけだから」

「無意識でやってるから怖いんだ。俺が火の中にいたら構わず飛び込んできそうだ」

じっとりとした目で見られ、ハハッと笑って否定するが、どうしても顔が引きつる。

「それはないよ。火は怖いから」

「どうだろうな」

司さんはどこか不満げな様子で私をまだじっと見ている。

これはチクチク嫌みを言われそう。

「あの……篠田先生ってすごい美人だね」

話を変えるが、司さんの反応は薄い。

「美人？　まあ外見はそうだが、中身は男みたいなもんだ」

「あんな綺麗なのに？」

司さんの言葉が意外で確認すると、彼はクスッと笑みを浮かべる。

「大酒飲みで、大口開けて笑うし、大雑把。気を遣わなくていいが、よく絡んでくるから一緒にいると疲れる」

決して彼は篠田先生のことを褒めていないのに、なぜか言いようのない不安が胸をかすめた。

誤解 ― 司side

「実家帰るの、明日の金曜だったよな？」

ネクタイを締めながら確認すると、雪はスマホをタップしていた手を止めて俺に目を向けた。

「あっ、うん。明日の夜に帰ろうかと。仕事終わってそのまま帰る方が楽だし、新幹線に乗っちゃえばすぐに着くから」

雪の会社は大手町にあるから東京駅に近い。

「それ、俺も一緒に行く。仕事の方は調整がついたから」

俺の言葉を聞いて、なぜか彼女が固まる。

「え？」

「うちに住んでるんだから、挨拶はしておかないとダメだろ？」

変な男と住んでいたら……と、女の子の親なら心配するはず。

「そんな……司さんは忙しいからいいよ。そこまで気にしなくても大丈夫」

彼女が遠慮がちに断るが、実家に来られたくないと思っているのが伝わってくる。

「まさか、まだ引っ越しのこと伝えてないのか？」

スーッと目を細めて見据えれば、彼女が動揺しながら答える。

「お、弟には伝えたよ」

「どうせ誘導尋問されてポロッと口にしたんだろ？」

彼女が拓海くんに俺との同棲を自分から伝えるわけがない。

「ど、どうしてそれを？」

「だいたい想像がつく」

ハーッと溜め息交じりに言えば、彼女が申し訳なさそうに謝った。

「ごめんなさい。今まで彼氏がいたことなかったから……その……家族にどう伝えていいかわからなくて」

雪の気持ちもわからなくはない。

彼女の年だと親も結婚について触れてくるはず。彼女もどう答えていいかわからないのだ。田舎のご両親にパートナーなんて言い方は通用しないだろう。

まあ、そこは全面的に俺が悪い。結婚にずっと否定的だったから……いや、そんなの言い訳にならないな。

「とにかくご両親に俺が挨拶に行くことを伝えておいてくれ」

雪の頬に手を添えると、チュッとキスをしてジャケットを羽織る。

「鍵よろしく」

家を出ると、車で病院へ。

いつものように回診、外来診察、手術をこなし、午後七時に仕事を終わらせて向かったのは銀座の高級ブランド店。すでに予約はしてあって、入り口で「岡本です」と名前を告げると、三階のプライベートサロンに案内された。

白を基調としていて、インテリアもすべて白。テーブルや椅子は丸いフォルムで温かみを感じる。

「岡本さま、どうぞおかけください」

黒いスーツに身を包んだ女性店員に言われ、ソファに腰を下ろす。テーブルの上にはさまざまなデザインの婚約指輪が置かれていた。あらかじめ電話で依頼しておいたのだ。一応、婚約指輪についてはネットで事前に調べていたので、多少の知識はある。

雪を連れてきて好きなのを選んでもらうのが一番いいのだが、それでは彼女は遠慮して断るだろう。だから俺が選んで渡すことにした。

彼女の好みはわかっているし、指のサイズも夜寝ている間にこっそり測っておいた。

「こちらが当店で扱っている商品になりますが、気になるものはございますか？」

店員に聞かれ、あらかじめ目星をつけていた指輪を指差す。

「中央のこの指輪を見せてくれませんか？」

滑らかなカーブのプラチナリングにダイヤが埋め込まれていてシックで、それでいて華やかさもある指輪。

店員に見せてもらい、じっくり確かめながら雪がはめているところを想像する。

「これなら普段から使用できそうだな」

いちいち外したりしなくても家事や仕事はできるだろう。

婚約指輪とひと目でわかるものは、彼女はつけるのを躊躇しそうだ。

「人気の商品ですよ」

店員の言葉に笑顔で頷いた。

「とても気に入りました。こちらをお願いします」

店にある工房で【Forever And Ever】と刻印を入れてもらい、ラッピングしてもらう。

帰ったら雪にプロポーズしよう。

それらしい言葉は伝えてきたけれど、彼女ははっきり言わないとわからないからな。

酔った彼女にプロポーズしたことなんか全然覚えていないようだし。

支払いをして店を出たところで、篠田に声をかけられた。

「あら、司じゃないの」

面倒な奴に会ってしまったと思ったが、顔には出さずににこやかに挨拶する。

「やあ。ずいぶん買い込んだな」

篠田の手にはブランドのロゴが入った大きな紙袋。

「秋物の服を買ったのよ。あと靴もね。私のことはいいの。司はなんの用で来たわけ？」

篠田が俺が持っている小さな紙袋に目を向ける。

袋の大きさからアクセサリーかと見当をつけたのかもしれない。

「ちょっと小物をね。じゃあ」

深く聞かれたくなくて簡潔に答えて話を終わらせようとしたが、彼女が俺の腕を掴んできた。

「待ちなさいよ。仕事帰りにわざわざ立ち寄るなんて、自分の買い物じゃないわね。彼女にバレたくないから平日に来た？　ひょっとして婚約指輪？」

好奇心に満ちた目で俺を見据えてきたので、冷たくあしらった。

「さあ。お前の推理に付き合ってる暇はない」

今すぐ家に帰りたいのだから。

長年の付き合いからか、篠田は俺のそんな焦りを感じ取る。

「その反応は図星ね。ふーん、結婚嫌いの司がついにプロポーズするわけだ」

「しつこい。絡むな」

「だって、大ニュースじゃない。パートナーがいるってだけでもびっくりしたけど、司がプロポーズなんて天地がひっくり返ってもないって思ってたわ。あの子のどこに惚れたの？」

「心が綺麗なところだよ。いい加減離れろ……あっ」

篠田の手を剥がそうとしたら、十メートル先に雪とＫＵＤＯの御曹司がいて、彼女と目が合った。

篠田も雪に気づいてパッと俺から離れるが、明らかに雪は狼狽えていて、手に持っていた紙袋をボトッと落とす。

「……司さん？」

「雪、違う。たまたま――」

この反応、マズい。絶対に篠田とのことを誤解している。

たまたま店の前で会ったと言おうとしたら、雪に遮られた。

「……聞きたくない」

傷ついた顔で言って交差点を走って渡る雪を、「待て、雪！」と叫んで止めようとするが、彼女は振り返らない。

一緒にいたKUDOの御曹司が彼女の落とした紙袋を拾い上げて、「朝井さん待ってください！」と追いかける。

俺も追おうとしたが、ちょうど信号が変わってしまった。

「ごめん。悪ふざけが過ぎたわ。誤解されちゃったかしら？」

「後で説明するから大丈夫だ」

そう言葉を返しつつ、雪に電話をかけようとスマホを出したら、病院から電話がかかってきた。

「はい、岡本です」

《岡本先生、すみません。脳出血の患者が救急搬送されまして……》

「今すぐ行く。手術室の準備を頼む」

口早に言って電話を切ると、篠田が「呼び出し？」と真剣な顔で聞いてきた。

「ああ。じゃあまた」と言葉少なに返して彼女と交差点の前で別れ、車に乗ると、買った指輪を助手席に置く。

タイミングも悪いし、計画もめちゃくちゃだ。つい最近まで恋人じゃないかもと彼女を不安にさせていたのに、なんでまた俺は……。

歯痒（はがゆ）くてドンと車のドアを叩くと、ギュッと唇を噛む。

自分の身体がふたつあればと思う。本当は雪を追いたい。だが、俺は医師だ。

スマホを出して雪に【誤解だから帰ったら話をしよう】とメッセージを送り、病院へ車を走らせる。

病院に着いてすぐに患者を診て、頭部ＣＴの画像を確認。脳が腫れ上がっていて、脳ヘルニアを起こしていた。すぐに手術をしないと命が危ない。

「司先生すみません。鈴木（すずき）先生も早乙女（さおとめ）先生も救急に呼ばれてオペをしていて、研修医の僕だけでは手術は……」

研修医の坂田先生が申し訳なさそうに謝ってきて、笑顔で返した。

「君が謝ることはない。脳出血の手術の手順、頭に入ってるよな？」

「はい」

俺の目を見て返事をする研修医を見て、少し頼もしく思う。安心して前立ちを任せられそうだ。

五時間のオペは成功した。

だがオペが終わっても、また次の患者が運ばれてきて、おまけに出勤予定の医師が胃腸炎で欠勤になり、仕事が終わったのは次の日の夕方。

連続勤務で身体はかなり疲弊している。ここで仮眠を取ってから帰りたいが、そういうわけにもいかない。早く雪を捕まえて話をしないと。

医局に戻った時に何度か雪にメッセージを送ったが、彼女から返事は来なかった。

スクラブからスーツに着替えて医局を出ようとしたら、院長である親父に呼び止められた。

今年六十五歳になったが、まだ髪は黒々としていて見た目は若い。

「司、ちょっといいか？　お前に見合い話が来ていてな。私の先輩のお嬢さんなんだが——」

「そういうのは断ってください。俺には心に決めた女性がいます」

親父の言葉を遮ってはっきりと言うと、「では、失礼します」と他人行儀に会釈した。

「おい、司待て」と親父に呼び止められたが、振り返らずその場を立ち去る。そのまますぐ高崎に向かうつもりだったが、身体がふらついた。

「マズい。……ちょっと休まないと」

ハーッと息を吐くと、裏口近くの自販機でコーヒーを買い、隣のベンチに腰を下ろす。

身体がヘトヘトになっても考えるのは雪のこと。

スマホを確認すれば、雪から返事はなかったが拓海くんからメッセージが来ていた。

【昨日の夜、姉が帰ってきたんですけど、すごく暗くて……。なにかありました？司さんも一緒の予定でしたよね？】

拓海くんとは転職の件で密に連絡を取っていたから、週末俺が雪と一緒に高崎に行くことを伝えてあった。父親が校長先生ということで厳しい家庭の印象を受けたし、なにかあれば彼に味方になってもらおうと思ったのだ。

雪……ひとりで実家に帰ったんだな。完全に誤解されてる。

【ちょっといろいろ誤解があって。今仕事が終わったからこれから向かうよ。住所を教えてくれないか？】

一年以上付き合っているのに、俺は彼女の実家の住所も知らない。

既読がついて、彼から住所と地図が送られてきた。

【ありがとう。雪には俺が高崎に行くことは内緒にしてくれ】

すぐに返事をすると、知らない携帯番号から電話がかかってきた。

「誰だ……？」

そう呟きながらも雪の家族かもしれないと思い、「はい」と電話に出ると、相手が名乗った。

《朝井さんの同僚の工藤です。披露宴でお会いした。あっ、昨日も銀座で目が合いましたよね？》

ＫＵＤＯの御曹司……？

電話の主が意外な相手だったので驚いた。

「どうして私の番号を？」

《つてをたどって教えてもらいました。僕たちの世界は狭いですからね》

まあ、確かに互いの知り合いを通して繋がっているのだろう。こうして俺にコンタクトを取ってきたのだから。

「それでご用件は？　身内の方がご病気とか？」

内心すぐに電話を切って雪を追って高崎に行きたかったが、努めて冷静に対応する。

《いえ、朝井さんの件です。彼女泣いてましたよ。あなたのせいで。なにやってるんですか！》

穏やかに話していたかと思ったら、急に感情的に俺を責めてきた。だが、部外者に説明する話じゃない。

「お前には関係ない」

敬語をやめて素で返せば、相手が俺に喧嘩を売ってくる。

《関係ありますよ。彼女は僕が尊敬して憧れている先輩です。あなたが彼女を泣かすなら、僕がもらいます――》

僕がもらうだと？

その発言にカチンときて言い返した。

「そんなことは絶対にさせない！　俺は人生かけて彼女を愛してる。お前のような生半可な気持ちの奴に絶対に雪は渡さない」

ブチッと電話を切り、すぐに病院を出て東京駅へ。

新幹線に乗ってシートに座ると、雪にメッセージを送った。

【俺を信じろよ。俺には雪しかいない】――と。

「朝井さんはお会いするたびに綺麗になっていきますね」

水無月(みなづき)先生がシャインマスカットのケーキを口に運びながら、私を見てニコッと微笑む。

今日は私が担当している作家の重版のお祝いで、銀座のホテルで優雅にアフタヌーンティー。先生がメガネ男子が好きだから、工藤くんにも同席してもらっている。

「え？ そんなことは……」

首を左右に振って否定したら、私の隣の席の工藤くんが余計な話をする。

「すごく美形の婚約者がいますからね」

「ちょっと……工藤くん！」

ギョッとして彼の腕を掴むと、水無月先生が目をキラキラさせてテーブルに身を乗り出してきた。

「そうなんですか？ 話、聞かせてくださいよ。次の作品のネタにしたい」

「僕もじっくり聞きたいなあ」

先生だけじゃなく工藤くんもジーッと見つめてきて、ふたりの圧に思わず怯(ひる)んだ。

「話すことなんてないですよ。大学の先輩だったってだけで」

平静を装って返すが、ポロッと司さんの情報を口にしてしまい、工藤くんが楽しげに目を光らせる。

「それは初耳ですね」

「どんな出会いだったんですかあ？」

水無月先生もノリノリで聞いてきて逃げられない雰囲気だったので、あまり気が進まなかったけど司さんとの馴れ初めを口にする。

「彼も私も天文部で、部の観望会で出会って……」

「素敵じゃないですか。それで？」

「綺麗な月を見たんです……って私の話はお終いです。せ、先生の重版のお祝いなんですから、先生の話をしましょう」

いい感じで相槌を打たれて思わず続きを話してしまったが、ハッと我に返る。

私の話なんてどうでもいい。主役は先生だ。

あ〜、なに自分の恋愛話なんかしてるんだろう。

顔が熱くなるのを感じながら話題を変えようとしたら、先生にクスッと笑われた。

「朝井さん、かわいい〜」

「ホント、朝井さんかわいいですね」

工藤くんも先生に同調してきたので、赤面しつつも彼を睨みつけた。

「工藤くん、調子に乗りすぎ」

ふたりにからかわれてお祝いの会を終わらせると、ホテルの正面玄関前でタクシーに乗った先生と別れた。

「いやあ、朝井さんと彼氏の馴れ初め聞けてよかったなあ。もっと聞きたいんですけど」

工藤くんがまた私の話を持ち出してきてからかうものだから、わざとツンケンした態度で返した。

「人に聞かせるほどの話なんかないよ。あっ、私そこのケーキ屋寄るから」

もう今日の仕事は終わっていて会社に戻る必要もなく、ホテルの少し先にあるケーキ屋を指差して言うと、彼もその店を知っていたようで小さく頷いた。

「ああ。有名店ですよね。僕も寄ろうかな。姉がここのショートケーキ好きで」

不意に工藤くんが口にした言葉に驚き、思わず聞き返す。

「え？　お姉さんいるんだ？」

「ええ。朝井さんと同い年で、結構抜けてて。だから、朝井さんも姉みたいに思えるんですよね」

ニヤリとしながら彼が私を弄ってくるが、その目は優しい。

「ふふっ、私も抜けてるから？　うちの家族がここの焼き菓子好きなの。明日久々に実家に帰るから買っていこうかと」

母が好きだし、司さんもいるのだからなにかつまめるものがあった方がいいだろう。司さんに私の実家に挨拶に行くと言われ、母に【明日の夜帰る。ちょっと紹介したい人がいるから、客間を用意しておいて】とメッセージを送っておいた。

知りたがりの母が【は？　誰？　男性？】と聞いてきたので、【今仕事中なの。詳しくはまた明日連絡するから】と返事をしたけど、その後も母は詮索してくる。

【友達？　それとも彼氏？】

彼氏だけど、それを伝えたら、母は結婚するのか？とかもっとしつこく聞いてくるに決まってる。

私だって……どう説明していいかわからないのよ。一緒に住んではいるものの、プロポーズされたわけじゃない。

親としては早く私に嫁に行ってほしいのだろうが、彼は結婚に否定的だから、気持ちが通じ合っても、ずっと一緒にいられるとは限らない。いつか終わりが来るのかも……と考えてしまう。

不安になるから先のことは考えないようにしているけれど、やっぱりどうしても気になって、ひとり思い悩んでいる自分がいる。

だから正直言って、実家に帰るのは少し気が重い。親はどういう反応をするのだろう。厳格な父が司さんに無礼な態度を取らないといいんだけど……。

拓海なら父たちをうまく言い含めることができるんだろうな。私もそのスキルが欲しい。あとで拓海にフォローをお願いしよう。

「へえ、噂の婚約者も一緒ですか？」

勘のいい工藤くんは『実家』と聞いて、司さんのことに触れてくる。

「噂してるのは工藤くんでしょう？　もう本当に私の話はいいから。工藤くんはどうなの？　今、彼女いるの？」

いつも私の話ばかりで、彼は自分のプライベートをあまり話さない。

「うーん、最近はいませんね。僕に寄ってくる女の子たちは好みじゃないし」

『僕モテますよ』発言キター。

でも、反論はできない。司さんと同じようなハイスペックな雰囲気を彼からも感じるのだ。

「左様ですか」

苦笑いして工藤くんと一緒にクッキーを買って店を出る。すると、近くの高級ブランド店の前で司さんを見かけた。

綺麗な女性と一緒にいる。あれは……お盆に島で会った篠田先生だ。彼女が司さんに腕を絡めてピッタリ密着している。

それを見て、さっき買ったクッキーの入った紙袋を落としてしまった。

「……司さん？」

身体が震え、信じられない思いで彼の名を呟く。

私に気づいた司さんと目が合い、彼が珍しく慌てた様子で弁解してくる。

「雪、違う。たまたま――」

「……聞きたくない」

司さんから視線を逸らし、信号が変わった交差点を走ってその場から逃げる。

彼の言い訳なんて聞きたくなかった。

司さんと篠田先生はとても楽しそうに見えた。

彼は前に彼女のことを『中身は男みたいなもんだ』なんて言っていたけど、ふたりはやっぱり特別な関係なんじゃないの？　だって司さんのあんな顔見たことがないし、島で彼女に会った時も感じたけれどふたりは美男美女でとてもお似合いだ。

同じ医者で、私の知らない世界にいる。ふたりの間に私は入っていけない。それは、司さんと篠田先生に対して劣等感を抱いているからだろう。

ふたりとも顔もよくて、頭もよくて、大学では有名人だった。皆の憧れの存在だったといっていい。一方私は、大学でも目立たない存在で、今だってごく普通の会社員。

篠田先生だったら、結婚嫌いの司さんも考えを変えて、一緒になりたいと思うんじゃないだろうか……。

ああ、私……結婚を諦めきれないんだ。どんなに自分を騙そうとしても、無理だった。司さんと一緒にいられるだけでも満足だって自分に言い聞かせていたけど、やっぱり彼の奥さんになりたい。

でも、司さんには私じゃダメなんだ――。

「待て、雪！」

司さんの声が聞こえたが、立ち止まらずそのまま走る。

仲よさそうなふたりを見たショックで、彼の前から逃げることしか考えられなかった。

「朝井さん待ってください！」

工藤くんが慌てた様子で声をかけてくる。そのまま走り続けるが、彼に追いつかれ腕を掴まれた。

「待ってくださいって。クッキー落としていきましたよ」

その言葉でハッとして、彼から紙袋を受け取る。

「……ごめん」

彼の背後に司さんの姿はない。

落胆する自分がいる。逃げたのは私なのにね。本当は彼に追いかけてきてほしかった。

彼が私を好きだと言ったのは、本気ではなかったんだ。本当に好きなら追ってくるはずでしょう？

やっぱり……篠田先生がいいんだ。対等な関係だもんね。

そう考えて、心が凍っていく感じがした。

今日は彼の家に帰りたくない。

今思うと、彼と同棲したのはマズかったかもしれない。もう私には帰る場所がないのだから……。

「大丈夫ですか？　さっきのはなにかの間違いでは？」

工藤くんも司さんに気づいたようで優しく声をかけてくるけど、思わずカッとなって言い返した。

「普通恋人でもない男女があんなにくっつく？」

「それは……その時のノリとか……関係によるかと」

慰めの言葉を口にするが、彼にしてはいつになく歯切れが悪い。

つまり、彼もあのふたりが恋人同士のように見えたということだろう。

なんだか自分が惨めに思えてきた。司さんが実家へ挨拶に来てくれるからって、勝手にひとりで結婚とかいろいろ考えて馬鹿みたいだ。

ホント、馬鹿みたい……。

涙がポロポロと溢れ落ちてきて、工藤くんがあたふたしながら私の背中に手を置く。

「ちょっ……泣かないでください。大丈夫ですか？」

「だ、大丈夫。私……実家に帰る」

ポツリと呟いて地下鉄の駅に向かうと、工藤くんもついてきた。

パソコンも持ってるし、仕事には支障がない。

「東京駅まで一緒に行きますよ。ひとりで行かせると、迷子になりそうなんで」

彼は冗談を言ってきて、私を笑わそうとする。

その優しさにまた涙が溢れてくる。

「ありがとう……ううっ」

本当は全然大丈夫なんかじゃない。

「だから泣かないでくださいよ。もう」

困惑した顔で言って、彼が私の頬をハンカチで拭う。

「うん、もう大丈夫」

そう言ったものの、しばらく涙が止まらなかった。

工藤くんが「気をつけて行ってきてください。じゃあ」と、新幹線の改札まで送ってくれる。

「ありがとう」

コクッと頷いて改札の中に入る。彼はホームに上がるエレベーターに乗ってもまだ見送ってくれていた。

工藤くん……いい子だ。なんか第二の弟みたい。

新幹線に乗ると、しばしボーッとしていた。

頭の中がごちゃごちゃ。

私は結局……司さんの最愛の人にはなれなかった。

彼の本気の相手、ましてや結婚相手としては分不相応だったのだろう。

やっぱり住む世界が違ったんだ。

まだ残暑が厳しいのに、心はすっかり冷え切ってしまい、身体も重く感じた。

ブブッとバッグの中のスマホが振動し、取り出して確認すると、工藤くんからメッセージが来ていた。

【必ず月曜会社に来てくださいよ。まだまだ朝井さんに教えてもらいたいことがいっぱいありますから】

私に必ず帰ってこいって言っているのだ。

【うん。また月曜に】とすぐに返事をすると、メッセージのプッシュ通知が画面に表示された。司さんからで、自然と身体が硬くなる。

【誤解だから帰ったら話をしよう】

なんの話をしようというのか。私に出ていってほしい……とか？　それとも、篠田先生の方が自分に相応しいとか？

ああ……ダメだ。今考えると、マイナスなことしか頭に浮かばない。

それに自分を嫌いになってしまう。

怖くてメッセージを開いて見ることができず、スマホをバッグにしまう。

落ち着け……落ち着け。

そう言い聞かせているうちに高崎に着いた。

ホームに降りて改札を出ると、バスに乗って実家に帰る。

住宅街にある白い二階建ての家が私の実家。昔は父方の祖父母と住んでいたが、ふたりとも五年前に交通事故で他界。今は父母と拓海の三人暮らしだ。

バッグから実家の鍵を取り出して家の中に入り、小さく「ただいま」と呟いて玄関に上がる。

ドアの音に気づいてバタバタとやってきたのは、ショートヘアがトレードマークの五十六歳の母。今も近所の高校の先生をしている。あまりに慌てていたのか手にはおたまを持ったまま。

「雪？　帰ってくるの明日じゃなかった？　それに紹介するって人は？」

私がひとりだったから、母がしつこく確認してくる。

「予定が変わったの。お客さんも来ないから」

「え？　そうなの？　ご飯は？」

「いらない。疲れたから寝る」

独り言のように言って、二階の自分の部屋に行こうとしたら、ガチャッと玄関のドアが開いて拓海が現れた。

「あれ？　姉ちゃんもう帰ってきたんだ？　え？　ひとり？」

恐らく母から私が彼氏を連れてくるという話を聞いていたのだろう。母には彼氏とは明言しなかったけど、普通はそう考えるはず。

私だってひとりで帰る予定じゃなかった。

「そうよ」と小声で答えてギュッと唇を噛むと、弟になにか言われる前に二階に上がって自分の部屋に逃げ込む。

ああ……今日は逃げてばっかり。

あまりにもショックを受けていて、着替えも持ってこなかった。

これからどうしよう……。

バッグとクッキーの入った紙袋を床に置くと、ベッドにゴロンと寝転んだ。

まだ脳裏に司さんと篠田先生の姿がちらつく。

目を閉じても消えない。

琴音の結婚祝いのパーティーで彼に再会した時は、ただそばにいられればよかった。

私ごときが彼を独占するなんておこがましいと思っていたから。

でも、今は違う。

彼には私だけを見てほしい。そして、私だけを愛してほしい。

いつからこんなに我儘になってしまったんだろう。

自分は彼にとって特別だって思ってた部分もある。

一緒に暮らす権利をもらって勝手に勘違いしちゃったのかもしれない。

結局、私じゃダメなのよね。だから、プロポーズもされなかった。悲しい……な。

腕で目を覆いながらそんなことを考えていたら、コンコンとノックの音がした。

「俺」と告げて、私が返事をしていないのに勝手にドアを開けて、拓海が部屋に入ってくる。

「司さんを連れてくるんじゃなかったのか？」

どうしてそっとしておいてくれないのだろう。

「その予定だったけど、なしになったの！」

不機嫌に返すと、拓海がズカズカと歩いてきて私の腕をどかして目を合わせてきた。

「なんで？」

「拓海には関係ない」

しつこい……と思いながら起き上がって、弟を睨みつける。

「俺の義兄になるんだから関係あるだろ？　喧嘩でもしたのか？」

弟の言葉を聞いて、ハハッと乾いた笑いが込み上げてきた。

「喧嘩なんてしてない。……そもそも喧嘩にもならない」

好きになったのは私だから、彼を困らせちゃいけないってずっと自分を抑えていた。

我儘になったら愛想をつかされる……ううん、他の女の人みたいに彼にとって面倒な存在になるのが怖かった。

だから、対等な関係の篠田先生と司さんを見て嫉妬したんだ。

彼女だったら、結婚嫌いな彼の頑なな心を解かすことができるのだろう。

「喧嘩にならないって、なに？」

私の説明がわからないようで、拓海が首を傾げて聞いてくる。

「喧嘩なんて一度もしたことない」

俯きながらボソッと答えると、弟はクスッと笑う。

「仲いいじゃないか」

全然わかってない。

「違う。私が彼の前で本音を言えないだけ。自分に自信がないから」

勉強だって仕事だって誰よりも頑張ってきた。

それでも、篠田先生には敵わないのだ。

「なにそれ？」

拓海が説明を求めてきて、感情に任せて言い返す。

「今日だって司さんが他の女性と一緒にいるのを見て、なにも言えずに逃げてきちゃったの。本当は……親しい関係なのか確かめたかった」

「だせー。正面から堂々と聞けばいいじゃないか」

拓海が呆れ顔で説教してくるものだから、カチンときた。

「それができないからここにひとりでいるの！」

「ちゃんと聞けよ。だいたい将人に彼女ができた時も姉ちゃん引いてただろ？　本当に司さんが好きなら引くな。この俺の姉なんだぜ。他の女に劣るかよ」

ちょっと遠回しではあるけど、弟が私のことを褒めている。こんなの初めてだ。

「拓海……」

「ほら、シュークリーム買ってきたんだ。本当は明日司さんと食べてもらう予定だったけど、これ食って元気出せよ」

拓海がちょっと照れくさそうに言って、シュークリームが入った箱を差し出す。

「うん……ありがとう、拓海。明日はヒョウが降るんじゃない？」

なんだかんだ言っても弟は優しい。

受け取りながら真顔でそんな言葉を口にするが、涙腺がかなり緩くなったせいか、涙がスーッと頬を伝った。

「失礼だな……って、姉ちゃん泣いてんの?」

「泣いてなんかいないよ。さあ、食べるわよ。いただきます」

私の涙を見て焦った顔をする拓海の言葉を否定し、箱からシュークリームを取り出して思い切りかぶりつく。

「……美味しい」

拓海のお陰で少し元気が出た。

ストレス発散するかのようにもぐもぐ食べる私を見て、拓海がフッと笑う。

「姉ちゃん、俺の分まで食うなよ」

「ねえ、今日の晩ご飯、お隣の将人くん呼んだから」

次の日の夕方、夕飯を作るのを手伝っていたら、母が人参を切っていた手を不意に止めた。

「へ? なんで?」

昔から将人とは家族ぐるみで交流があるが、わざわざ私がいる日に呼ばなくても……と思う。

「お客さんが来るって聞いたから肉いっぱい買ったのよ。でも、急にキャンセルになったじゃない？ それなら久しぶりに将人くんに来てもらった方がいいでしょう？」

母は将人を気に入っている。顔も頭もいいし、性格もマイルドで、赤ちゃんの頃から知っているから、第二の息子のように思っているのだ。それは父も同じ。

「別にいいけど」

将人は披露宴の後に司さんとも会っているからなんだか気まずいが、両親には会わせたい人がいると言っておきながらキャンセルした手前、拒否できない。

「将人くん、今大学で講師してるし、将来は教授かしらね」

羨ましそうに言うものだから、思わずつっこんだ。

「自分にも立派な息子がいるじゃない。拓海だってお医者さん頑張ってるわよ」

医者の家庭に生まれたわけでもないのに、現役で医師になった弟は素直にすごいと思う。

「まあ、そうなんだけど。あの子も彼女いないみたいだし、結婚が心配だわ」

この言い方。拓海の話ではなく、遠回しに私のことを言っているよね？

ハーッと悩ましげに溜め息をつく母に反論する。

「別に結婚にこだわらなくてもいいじゃない。変な人と結婚して離婚したら困るでしょう？」

会うたびに結婚、結婚って、二十九歳で結婚してなかったら悪いの？

「それはそうだけど、親としては早く孫の顔が見たいのよ」

「結婚しても子供ができない夫婦もいるわよ」

理想を押しつけてくる母に冷ややかに返したら、キッチンに拓海が現れた。

「将人来たけど、ビール冷えてる？」

「ああ、冷蔵庫に瓶ビール冷やしてあるわ。拓海、しゃぶしゃぶにするからカセットコンロお願い」

母が冷蔵庫を指差すと、拓海が冷蔵庫からビールを取り出しながら返事をする。

「へいへい」

拓海がビールを持っていっている間に、大皿に肉をのせる。

今日は高級黒毛和牛でかなり奮発したようだ。

まあ、娘が誰か連れてくるとなったらそりゃあ期待するよね。

午前中は母に『どうしてお客さん来ないの？　付き合ってる人なんでしょう？』と

しつこく聞かれたけど、なにも話さなかった。父はこういう時無言を貫くが、耳をそばだてて私と母の会話を聞いていたに違いない。

拓海は私の気持ちを察してか、余計なことを言わなかった。一応空気を読んでいるのだ。

昨日はパニックになって実家に帰ってきたけれど、一夜明けて落ち着いて考えてみると、ちゃんと司さんの話を聞けばよかったんじゃないかって反省している。

でも、彼から届いたメッセージはまだ怖くて見ていないし、当然返事もしていない。

逃げた私に呆れてる？

私がいない方が彼は幸せになれるんじゃないかな。だって、篠田先生とは本当にお似合いに見えた。

考えれば考えるほどネガティブな思考になる。不安で、特に意識していたわけではないけれど、司さんがくれたネックレスに触れてしまう。

「司さん……」

彼はどんな思いでこのネックレスをくれたのだろう。どうでもいい女にプレゼントなんかしないよね？

このネックレスに彼の私への思いが詰まっているような気がした。

このまま彼から離れてしまって本当にいいの？　ううん、よくない。夕飯を食べたら司さんに連絡しよう。

そう心に決めて、しゃぶしゃぶの食材を居間に運ぶ。

ダイニングはあるけれど、うちの父はダイニングテーブルで食べるのが落ち着かないらしくて、カーペットを敷いた居間に座卓を置いて、そこで食事をする。

居間に入ると、父と拓海と将人がもうビールを飲んでいた。

「いらっしゃい」

皿を座卓に置きながら笑顔を作って将人に声をかければ、彼もにこやかに返す。

「お帰り。いつ東京に戻るの？」

「日曜に帰るつもり。普通に月曜は仕事あるし」

司さんに電話して謝って、東京に戻ったら彼とちゃんと話をしよう。

『帰る』というワードが気に入らなかったのか、将人の向かい側にいた父がちょっとムスッとした口調で「もう高崎に帰ってきてるだろうが」と言う。ちなみに弟は、父の隣でゴクゴクとビールを飲んでいた。

実家ではあるけど、私の生活の拠点は東京にある。それを言っても父にはわからないだろう。

言い合いにはなりたくないので、聞こえなかった振りをしてしゃぶしゃぶの鍋をのせたカセットコンロに火をつけていると、母も揚げた天ぷらを持ってやってきた。

「将人くん、いらっしゃい。会うたびにいい男になるわね」

「もう先にいただいています。すみません」

ビールの入ったグラスを手に将人が恐縮した様子で言うと、斜め前にいる拓海が不満そうに母に抗議した。

「母さん、我が家にもふたりいい男がいるんだけど」

「そうだっけ?」

真顔でとぼける母は、将人にとびきりの笑顔を向けた。

「いっぱい食べてね。お肉たくさんあるし」

「はい」

将人は笑顔が若干引きつっていて、母に気圧されている感じ。

母が拓海の隣に座ったので、私は将人の横に腰を下ろした。

「雪も飲む?」

将人が気を利かせてビールを手に取ったけど、首を左右に振って断った。

「ううん。私はウーロン茶でいいよ」

もう醜態は見せたくない。

「この前酔っ払ったから？」

将人がクスッと笑いながら聞いてきて、披露宴での失態を思い出しながら頷く。

「まあね。飲まないよう言われてて……」

「ああ。なるほど」

将人が納得した様子でゆっくりと相槌を打つが、なんとも気まずい。

でも、拓海が「将人、最近の学生はどう？」と話を振って、将人の気を逸らしてくれた。

「まあ、やる気のある学生はやっぱすごいかな。レポートもちゃんと仕上げてくるし。俺ももっと勉強しないとって思うよ」

「専門はなんだったっけ？」

父がその話題に興味を示すと、将人が穏やかに答える。

「情報工学です。生成ＡＩとか」

「今の流行(はや)りだな。私はパソコンが苦手だから、将人くんに教わりたいよ」

「俺がおじさんにレクチャーするなんて、なんだか緊張しちゃいますね」

将人と父の会話を聞いて、拓海がしゃぶしゃぶの肉を咀嚼(そしゃく)しながらハハッと笑った。

「ぼちぼち親父も引退か？」

そんな和やかな雰囲気で食事をしていたのだが、将人が何気なく「この天ぷら美味しいですね」とコメントして、嫌な方向に話が行く。

「その天ぷら、雪が揚げたの。料理は私よりもうまくてね。将人くん、うちの子、お嫁さんにどうかしら？」

母がニコニコ笑顔で私を売り込むものだから、激しく動揺した。

「お、お母さん、なに言い出すの！」

「だってあんた紹介したい人を連れてくるって言って、キャンセルになったじゃない。いい人が本当にいるのか怪しいし。将人くんが雪と結婚してくれたら嬉しいわあ」

母の話に将人も困惑している。なんとかして止めないと。

「お母さん、将人にだって選ぶ権利があるから」

「雪、俺酔ったみたい。酔い醒(ざ)ましに散歩に付き合ってよ」

将人が私の肩にポンと手を置いて、ニコッとする。

「……うん」

多分将人は空気を察して助け舟を出してくれたのだろう。

コクッと頷いて、ふたりで散歩に出かけた。

外はもうすっかり暗くなっていて、灯りが少ないせいか星がよく見える。

「うちの母がごめんね」

ハーッと溜め息交じりに謝る私を見て、将人が小さく笑う。

「いいよ。誘われた時にそういう話は覚悟してたし、うちの親だって雪に会ったら同じようなことを言ったと思う」

「……ああ」と彼の話に小さく相槌を打つ。

そういえば、将人のお母さんにうちに嫁に来ないかって言われたっけ。

「最近、母さんが雪に相手がいなければ、雪と結婚したら？って勧めてくるんだ」

どこの家も同じだ。

「お互い親が気を揉む年齢になったんだね」

別にどこに行こうとも話していなかったのだけれど、自然と近所の神社に足が向く。

自宅から二百メートルほど歩いて右に曲がると、鳥居が見えてきた。

小さい頃、将人や拓海とよく隠れんぼをした場所。子供にとってはいい遊び場だった。

上京するまでは初詣でも来ていたからちょっと懐かしさを感じていると、将人が司さんのことに触れてくる。

「例の彼は？　婚約者って彼は言ってたけど、おばさんたちは会ったことないんだよね？」

うちの両親の前で彼がその話をしないでくれて助かったが、今は避けたい話題だった。

「……うん。まあ」

将人の反応を気にしながら答えると、彼が掘り下げて聞いてくる。

「今回彼を両親に会わせるために帰省したんじゃないの？」

「その……いろいろ事情があって……」

返答に窮する私に目を向け、彼がクスッと笑った。

「つまり、あの彼とうまくいってないわけか」

そんな楽しそうに言わないでほしい。

「笑わないでよ」

じっとりと将人を見て文句を言うと、急に彼が真剣な表情になって私の腕を掴んできた。

「俺じゃダメかな？　雪に男ができて、やっと気づいたんだ。お前が好きだって」

「なんの冗談？」

酔ってるの？

ビックリして聞き返せば、彼は私の目を見て思いを伝えてくる。

「冗談なんかじゃない。雪とは気心が知れてるし、一緒にいると安心する」

将人の説明を聞いて、思わず顔をしかめた。

「それは幼馴染だからだよ。上京してからの私なんてほとんど知らないじゃない。私も大人になって変わったの」

中学の頃ならどんなに嬉しかっただろう。でも、今はただ驚くばかりで全然ときめかない。

「変わってないよ。他の女と付き合っても、いつもなにか違うって思ってた。雪にこの間再会してわかったんだ。雪じゃないとダメだって」

「将人……」

今までそんな雰囲気になったこともないのに、急にどうしたの？

「俺と結婚すれば、おじさんもおばさんも喜んでくれる。こっちで幸せに暮らそう」

将人の言葉についカッとなって、強く言い返した。

「勝手なこと言わないで！　結婚は親のためにするものじゃないよ」

私の拒絶が意外だったのか、アルコールが入ったこともあって彼はちょっと不機嫌そうな顔をする。

「雪だって昔は俺のこと好きだったろ？」

うまく隠していたつもりだったけど、彼には私の気持ちなんてバレバレだったのだろう。

「そうだったけど、今は違う」

将人を見据えてはっきりと告げれば、彼が私の両肩を掴んで顔を近づけてきた。

「まだ彼が好きでも、俺を必ず好きにさせてみせる」

「ちょっ……やめて！」

キスされると思って顔を背けてギュッと目を閉じたら、バタバタと足音がして……。

「雪に近づくな！」

その声と共に腕を強く掴まれ、何事かと思って目を開ければ、司さんの胸に抱き寄せられていた。

「え？　司さん？　なんでここに？」

突然の司さんの登場に驚いて目を大きく見開く私に、彼がハーッハーッと息せき切りながら説明する。

「決まってるだろ？　雪を追ってきたんだよ」

「どうしてここが……？」

　司さんには実家の住所を伝えてない。

　彼に確認しようとしたら、拓海が近くにいるのに気づいた。

「拓海が司さんを連れてきたの？」

「そういうこと」

　拓海もゼーハー息を吐きながらも、私を見てニヤリとする。

　まあ、転職のこともあるし、司さんと連絡を取り合っていても不思議ではない。

「雪は返してもらう。彼女は俺のだ」

「待てよ。雪の両親も俺の両親も俺たちが結婚することを望んでる。部外者は帰れよ」

「部外者はお前だろ？　雪が惚れてるのは俺だ」

　不敵な笑みを浮かべてそう告げると、司さんは私の肩を抱いて神社の方へ連れていこうとする。

　慌てて将人の方を振り返り、彼に告げた。

「ごめん、将人。私は彼が好きなの。将人にも本当に好きな人が現れるよ」

　呆然としている将人の肩に拓海が腕を回して歩き出す。

「ほらほら帰るぞ、将人。なんなら俺が看護師紹介するから」

将人のことは拓海に任せておけば大丈夫だろう。私を心から好きになったわけじゃないもの。彼は親にいろいろ言われて結婚を焦っていたんだと思う。

「なに他の男のこと気にしてるんだ？」

司さんの声でハッとして彼に視線を向ければ、呆れ顔で私を見ている。

その姿はいつもと変わらない。

昨日の夜は打ちひしがれて、もう彼とは終わりだとも思っていたのに、なんだか不思議な感じだ。

「あ……ごめんなさい」

反射的に謝れば、彼が足を止めて私をじっと見つめてくる。

「何度かメッセージを送ったのにどうして返事を寄越さない？」

「ごめんなさい。怖くて……ちゃんと見てなくて」

逃げちゃいけない。しっかり向き合わなきゃ。

「篠田先生……お医者さんで、美人だから私よりもお似合いなんじゃないかって旅行で会った時も思って……。それで、ふたりが昨日一緒にいるところを見ちゃったからショックだったの。逃げて本当にごめんなさい」

「不安にさせて悪かった。でも、もっと自信を持てよ。自分の仕事に誇りを持ってる雪を俺は尊敬している。それに、昨日のあれは篠田がふざけてただけだ。あいつとは男女の関係になったこともなければ、デートもしたことないから」

司さんの話を聞いてちょっと安心するが、やはり一緒にいたのが気になった。

「じゃあ……なんで昨日一緒にいたの？」

「偶然店の前で会ったんだよ。で、しつこく絡まれたわけ」

眉間にシワを寄せて言う彼を見て、すんなり納得する。

この不機嫌顔。心の底から嫌そうな顔をしている。嘘はついていない。

ううん、そもそも彼は私に嘘なんかつかない。

「……そうだったの。勝手に勘違いしてごめんなさい」

私が逃げずに聞いていればなんてことなかった。大騒ぎしてしまった自分が情けない。

司さんに謝りつつも、心の中がスッキリして自然と頬が緩む。

「俺もすまなかった。すぐ追って説明できればよかったんだが、あの時病院に呼び出されてな」

ああ……だからすぐに私を追ってこなかったんだ。私に呆れたわけでも、私に嫌気がさしたわけでもなかった。

　私がちゃんと彼を信じていれば……。

「ごめんなさい。勇気を出して聞けばよかった」

「勇気を出す必要なんてそもそもないんだよ。俺はお前しか愛せないんだから」

「司さん……」

「もう勘違いなんかさせない」

　司さんがギュッと私を抱きしめてきたので、私も彼の背中に腕を回した。

　布越しに伝わる彼の体温。一番落ち着く。

　しばらく抱き合っていたけど、彼が抱擁を解いて、スーツのポケットからなにかを取り出す。そして、私の左手を掴んだ。

「朝井雪さん、俺と結婚してくれますか？」

　極上の笑みを浮かべ、私の薬指に彼が指輪を嵌める。

　頭の中は混乱していた。

　え？　え？　なにが起こっているの？

「結婚嫌いな司さんが……プロポーズ？　え？　これは夢？」

　気が動転していて心の声がそのまま漏れた。そんな私に、彼が優しく訂正する。

「夢じゃない。現実だ。雪と出会って俺は変わったんだよ」

「結婚するの……嫌じゃないの？」

結婚の話題はタブーだと思って避けてきたし、彼だって結婚について触れたことはなかったのに……。

すぐには信じられず、聞くのを一瞬躊躇したけど、思い切って彼に尋ねた。

「昔は言葉を聞くだけでも嫌だった。勝手に院長夫人になるって言いふらしていた女がいたし、うちの両親を見て結婚に対していいイメージを抱けなかったから」

諦めに似たような声で言う彼がなんだかかわいそうで、胸が苦しくなる。

「仲のいいご両親じゃないの？」

彼の家のことはあまりよく知らない。前に『家族に愛されずに育った』という話は聞いたけど、私も掘り下げては聞かなかったから。

「俺の両親は政略結婚で……愛し合っていない。離婚はしていないがずっと家庭内別居していて、俺は家政婦さんに育てられた。だから、両親の愛情なんて一切知らない」

「そんな……」

司さんの話がショックでそれしか言葉が出なかったけど、彼を慰めるようにその腕を掴んだ。

私がそばにいるって伝えたかったのだ。

そんな私の気持ちが伝わったのか、彼が私を温かい目で見つめて話を続ける。

「だけど、雪に会って一緒に過ごすうちに、結婚を真剣に考えるようになった。ずっとそばにいてもらいたい、ずっと俺が守っていきたい。日々その思いが強くなった。それで、この指輪を用意したんだ」

灯りは街灯だけなのに、指輪のダイヤが美しく煌めく。

彼はご両親のことがあって結婚に抵抗があったはず。それなのに指輪を準備して、私にプロポーズしてくれるなんて……。

「雪を愛しているんだ。だから俺と結婚してくれ」

目頭が熱いし、身体も震えてきた。

本当に夢じゃないんだよね……？

彼は現実だって言った。うん。確かに言った。

なんだか幸せが身体の奥から溢れてきて、頭の処理が追いつかない。

彼にプロポーズされるなんて、私の妄想の中だけのことかと思っていた。

「……はい。私を司さんの奥さんにしてください」

私でいいの？とは聞かなかった。

私を高崎まで追ってきてくれたのだ。今は家族にもみんなにも自信を持って言える。

彼は誰よりも私を愛してるって——。

なんとか返事はしたものの、感極まってしまってポロポロと涙が溢れる。

でも、今回のは嬉し涙。

「一生をかけて俺の愛を証明してやる」

「望むところです」

私の涙を指で優しく拭う司さんに微笑むと、彼が唇を重ねてくる。

そんな私たちをまん丸の綺麗な月が静かに照らしていた。

既成事実を作るのも手だが ― 司side

【今、高崎駅に着いた。タクシーで向かうよ】

高崎駅で新幹線を降りるとすぐに、拓海くんにメッセージを打った。

【西口から乗ってください。十分くらいで着きます】

既読がついて、すぐに返事が来た。

【了解】と返し、改札を出て西口に向かう。

雪からは相変わらずなんの連絡もなくて、不安からか心臓のあたりが痛くなる。一種のストレスだろう。

タクシーに乗ると、フーッと息を吐いた。

スーツのポケットには婚約指輪。仕事が終わって自宅マンションに寄らずにそのまま来たから、持ってきたのはそれだけ。

新幹線の中で少し寝たけど、夕方まで仕事をして疲労はピークに達している。それでも雪を追って高崎にやってきた。

絶対に彼女を失うわけにはいかない。

しばらくすると、タクシーは閑静な住宅街に入っていき、白い二階建ての家の前で停車した。

ここが雪の家。雪が育った場所――。

玄関前には拓海くんがいて、俺を見て軽く手を上げる。

支払いを済ませてタクシーを降りると、拓海くんが駆け寄ってきた。

「司さん、姉ちゃん、隣の幼馴染と今さっき散歩に出掛けて……」

「幼馴染って……俺が東京で会った？」

結婚式に出席した雪を迎えに行った時に、彼女の幼馴染と顔を合わせたことは拓海くんには伝えていた。

「そう。ふたりきりにさせるのはちょっとまずいから……。こっちです」

拓海くんが走り出し、俺も彼の後をついていく。

昨日の夜から雪を捕まえられなくて焦りを感じていた。

早く会って話したいのに、なんでこんなに邪魔が入るのか。

夜通しで手術をしたせいか、頭が朦朧としてきて足がもつれそうになる。それでも、気をしっかりと持って拓海くんについていくと、雪と幼馴染らしき男性の声が聞こえてきた。

「俺と結婚すれば、おじさんもおばさんも喜んでくれる。こっちで幸せに暮らそう」

「勝手なこと言わないで！　結婚は親のためにするものじゃないよ」

雪が珍しく声を荒らげるが、男性の方は納得してないようで少しイライラした口調で問いかける。

「雪だって昔は俺のこと好きだったろ？」

「そうだったけど、今は違う」

雪に惚れている俺としては、ふたりの言い合いを聞いて少なからず動揺した。

昔……雪は彼が好きだったのか？

「まだ彼が好きでも、俺を必ず好きにさせてみせる」

「ちょっ……やめて！」

着いたのは神社で、ようやくふたりの姿を捉えて駆け込んだら、彼女に男性が顔を近づけていて慌てて引き剥がした。

「雪に近づくな！」

彼女は誰にも渡さない。

もう体力は限界に近かったのに、いざとなると力も声も出る。

雪を引き寄せると、彼女が驚いて声をあげた。

「え？　司さん？　なんでここに？」

俺がいきなり現れてかなりビックリしている彼女に、当然のように返した。

「決まってるだろ？　雪を追ってきたんだよ」

「どうしてここが……？」

まだ頭が混乱しているようで呆然としていたが、雪は俺の背後にいた拓海くんを見て彼に確認する。

「拓海が司さんを連れてきたの？」

「そういうこと」

身を屈めて息を整えると、拓海くんは雪に微笑んだ。

ふたりがそんな話をしている間ポツンと突っ立っていた雪の幼馴染を見据え、強く言い放つ。

「雪は返してもらう。彼女は俺のだ」

「待てよ。雪の両親も俺の両親も俺たちが結婚することを望んでる。部外者は帰れよ」

雪の幼馴染が不服そうに言い返してきて、その言葉に呆れずにはいられなかった。

部外者って……俺と雪の間に入ってきているお前の方が部外者だろうが。

それに、肝心の雪の気持ちをなにも考えていない。

自分や家族の都合を彼女に押しつけているだけじゃないか。

「部外者はお前だろ？　雪が惚れてるのは俺だ」

雪をギュッと抱き寄せて我が物顔で言えば、幼馴染が悔しそうに唇を噛む。

雪を連れて立ち去ろうとしたら、彼女が幼馴染の方を見やった。

「ごめん、将人。私は彼が好きなの。将人にも本当に好きな人が現れるよ」

つくづく雪はお人好しだって思う。無理やりキスされそうになった男に普通そんな優しい言葉はかけない。

そんな彼女と同じ血が流れている拓海くんは「ほらほら帰るぞ、将人。なんなら俺が看護師紹介するから」と発破をかけ、俺に向かってパチッとウインクする。

雪とうまくやれと言っているのだろう。

これで邪魔な男はいなくなった。なのに、まだ彼女は心配そうにあの幼馴染を見送っている。

「なに他の男のこと気にしてるんだ？」

ハーッと溜め息交じりに言えば、彼女が普段通りの会話のように「あ……ごめんなさい」と謝ってくる。

昨日ショックを受けて俺から逃げていたにしては、緊張感がなくて拍子抜けする。

まだ俺がいるのが現実と思えていないのだろうか。

「何度かメッセージを送ったのにどうして返事を寄越さない？」

仕事の疲れよりも、正直彼女からなんの返信もなかったダメージの方が大きかった。完全にシャットアウトされた気がしたのだ。胸がズキズキ痛くて、雪を本当に失うんじゃないかと怖くて仕方がなかった。

今彼女をやっと捕まえて安堵しながら問えば、今度は心から反省した様子で謝ってくる。

「ごめんなさい。怖くて……ちゃんと見てなくて」

篠田が俺と密着してるのを見て衝撃を受けたのはわかるが、冷静になれないなにかがあったのだろう。

なんせつい最近まで俺のペットだと思い込んでいたのだ。しっかりと愛を伝えているつもりだけど、まだ不安はあるのかもしれない。

「篠田先生……お医者さんで、美人だから私よりもお似合いなんじゃないかって旅行で会った時も思って……。それで、ふたりが昨日一緒にいるところを見ちゃったからショックだったの。逃げて本当にごめんなさい」

好きな相手と親しい異性を見て怖くなる。雪を好きになるまで、そんな感情は抱いたことがなかった。だが、今の自分には彼女の言うことがよく理解できる。

彼女の同僚やさっきの幼馴染を見て、不安も覚えたし、嫉妬もした。

「不安にさせて悪かった。でも、もっと自信を持てよ。自分の仕事に誇りを持ってる雪を俺は尊敬している。それに、昨日のあれは篠田がふざけてただけだ。あいつとは男女の関係になったこともなければ、デートもしたことないから」

「じゃあ……なんで昨日一緒にいたの？」

もう誤解させないよう雪に伝えると、彼女がつっこんで聞いてくる。それは今までの彼女にはなかったこと。

「偶然店の前で会ったんだよ。で、しつこく絡まれたわけ」

篠田が悪ふざけしなければこんなことにはならなかったのにな。いや、いずれなにかのきっかけで似たようなことが起こったかもしれない。

今、ここでお互い腹を割って話すことができてよかった。ずっと一緒にいるならなおさらだ。

「……そうだったの。勝手に勘違いしてごめんなさい」

「俺もすまなかった。すぐ追って説明できればよかったんだが、あの時病院に呼び出されてな」

身体がふたつあったらと何度も思った。

「ごめんなさい。勇気を出して聞けばよかった」

ホッとしたせいか小さく笑う彼女から聞き捨てならないセリフが飛び出す。

勇気ってなんだよ。

「勇気を出す必要なんてそもそもないんだよ。俺はお前しか愛せないんだから」

もともと先輩と後輩という立場だったからか、彼女はまだ俺に対して遠慮がある。

なんでも言い合える関係になりたい。

「司さん……」

俺を見つめてくる彼女が愛おしくて、強く胸に抱きしめた。

「もう勘違いなんかさせない」

彼女も俺にギュッと抱きついてきて、しばしそのままでいた。

ようやく捕まえた。もう絶対に放さない。

他の男にも渡さない――。

そのためにも俺たちの関係をしっかりしたものにしなくては……。

抱擁を解くと、スーツのジャケットのポケットから指輪を取り出した。

フーッと軽く息を吐いて、雪の左手を取る。

ちょっと緊張しているのかもしれない。そんなものとは無縁だと思っていたのにな。予定していた段取りとはかなり違うけど、俺の気持ちは変わらない。

「朝井雪さん、俺と結婚してくれますか？」

雪を見つめてプロポーズするが、彼女は信じられないのか、かなり混乱している。

「結婚嫌いな司さんが……プロポーズ？　え？　これは夢？」

「夢じゃない。現実だ。雪と出会って俺は変わったんだよ」

前に『十年後も二十年後もこうやって雪をからかいたい』と言ったけど、彼女にははっきり言葉にしないと伝わらない。だから、誤解されて逃げられる。

それが結婚したいという意味には聞こえてなかったんだろうな。

自分が結婚嫌いになった理由を彼女に説明すると、改めて思いを彼女に伝える。

「雪を愛しているんだ。だから俺と結婚してくれ」

彼女の実家の近くにある神社でプロポーズ。もう日はとっくに暮れているし、傍からみたら滑稽な光景かもしれない。

本当は昨夜俺のマンションでプロポーズするつもりだった。

だが、大事なのは気持ちだ。自分の思いをなんとしても彼女に伝えたい。だから、シチュエーションなんて関係ない。

ただ美しい月が浮かんでいて、俺たちを優しく見守ってくれている気がした。

そういえば、雪と出会った時も月が出ていたっけ……。

「……はい。私を司さんの奥さんにしてください」

俺を見つめながら返事をする彼女の目からは、涙がこぼれていた。

「一生をかけて俺の愛を証明してやる」

優しく雪の涙を拭うと、彼女が泣き笑いしながら俺に挑むように言い返す。

「望むところです」

笑う彼女を見ていたら嬉しさが込み上げてきて、たまらずキスをした。

互いの唇が触れた瞬間、流れてくる彼女の感情。

俺が好きだ……って声に出すのと同じくらい伝わってくる。

ずっとこのままでいたい――。

そう思っていたのだが、グゥーッと俺の腹が鳴った。

「司さんでもお腹鳴るんだ？　なんかかわいい」

雪がクスッと笑って意外そうに言うものだから、若干引き気味に返した。

「俺をなんだと思ってる？　サイボーグじゃないんだぞ」

司さんでもって……。

「ごめんなさい。でも、司さんていつも完璧だから。無精髭があっても全然素敵だし、寝顔もカッコいいし……」

雪のコメントを聞いて、一気に脱力する。

「それは雪が俺に惚れてて、自然に欠点とかも全部受け入れてるからそう見えるんだよ。……昨日の夜からずっと仕事して、で、今は雪を追って高崎まで来てもうヘトヘトだし、腹もすごい減ってる」

雪の肩に頭をのせて寄りかかると、彼女が俺の頭をよしよしと撫でた。

人にこんな風に頭を撫でられたのは初めてだが、悪くはない。

「私を追って高崎まで来てくれてありがとう」

「なんだか上から目線だな。本当は前に雪が酔っぱらった時に、プロポーズしたんだ」

フッと微笑しながらそんな暴露話をすれば、彼女がポカンとした顔になる。

「嘘?」

「本当。やっぱ全然覚えてないな。嬉しそうに『うん。結婚しゅる』って言ってたぞ」

「あー、もう、そういうことは素面(しらふ)の時に言ってよ」

雪が恥ずかしそうにバシバシと俺の腕を叩いてくる。

「だから、さっき言っただろ? ……あともうひと頑張りしないとな」

雪の耳元でそう言うと、彼女が不思議そうに聞き返してくる。

「あともうひと頑張りって？」

「雪をくださいってご両親に言わないと」

「あっ……ああ、だから一緒に帰省しようって……」

ようやく合点がいったという顔をする雪を見て、ハッとする。

「今、気づいたのか……って、俺もプロポーズさっきしたばかりだけど。なんせ結婚を考えたのは最近だったからな。俺の段取りが悪くていろいろ不安にさせてすまなかった。こういうところ、海人と違って抜けてるんだよ」

俺だって完璧じゃない。

海人は琴音さんと結婚すると学生の時から決めていたから、しっかりと外堀も埋めて愛する人と結ばれた。

「前に恋愛に対しては不器用なんだって言ったの覚えてるか？　俺はある意味恋愛初心者なんだよ」

女と付き合ったことはあっても、本気で恋をしたのは雪が初めて。

自分の情けない部分をあえて強調したのだが、なぜか雪はクスクス笑っている。

「ふふっ、司さんが恋愛初心者って……かわいい。じゃあ、私と一緒だね」

「そういうこと。さあて、そろそろ雪の家に行かないと」

チラリと腕時計を見れば、午後八時を回っていた。

雪の手を引いて歩き出すと、彼女が指輪を見つめて聞いてくる。

「指輪、とっても素敵。ありがとう。サイズピッタリだけど、どうやって私のサイズを？　まさか勘とか？」

まだ彼女は俺を完璧な男だと思っているらしい。

「雪が寝てる時にこっそり測ったんだよ」

ハーッと溜め息をつきながら説明すると、いたく感激された。

「全然気づかなかった。なんだかドラマみたいだね。すごく嬉しい」

「それはよかった」

「あの……ひょっとして銀座にいたのって、指輪を買うためだった？」

「そう。とんでもないことが起きて、雪のご両親に挨拶する予定がこんなグダグダになったけど。俺にしっかり味方してくれるんだろうな？」

ニヤリとして言えば、彼女が俺の腕にしがみついてくる。

「もちろん。反対されても司さんについていく」

「ご両親ってやっぱり厳しいのか？」

俺の質問に、彼女が苦笑いする。

「学校の先生だからそれなりに……」

「会うのが楽しみだな。一発くらい殴られる覚悟で来たんだが」

半分冗談で言ったが、もし反対されても結婚の承諾をもらうまで何度も説得するつもりでいた。

「それ楽しみって言う？　殴らせないよ。私が守るから」

「頼もしいが、ちゃんと俺が認めさせないとな。大事に育ててきた娘をもらうんだから」

優しく微笑み、雪の手を握って彼女の実家に向かう。

こうして一緒に歩くのが心地よかった。

雪の家に着くと、俺じゃなくて彼女がスーッと息を吸って深呼吸する。

「入るよ。なんだか私、緊張してきちゃった」

ドアを開けてぎこちなく笑う彼女を見てほっこりしたせいか、緊張が少し和らいだ。

考えてみると、菓子折りも持ってきていない。スーツだって昨日と同じものを着ている。普通に考えたら、結婚の挨拶をするには相応しくないだろう。だが、出直すという選択肢は俺の中になかった。

大事なのは、俺が雪をどれだけ愛しているか知ってもらうこと。

「安心しろよ。俺も緊張してる」

雪がリラックスするようニコッと微笑むと、彼女が目を合わせてきて微笑みを交わす。

「さあ、上がって」

先に玄関に上がる雪に続き、俺も「お邪魔します」と言って靴を脱ぎ、彼女について いく。

磨りガラスのドアを開けると、そこはリビングのようで、雪のご両親と拓海くんが向かい合ってしゃぶしゃぶを食べていた。だが、あの幼馴染の姿はない。

「あれ？　将人は？」

雪が拓海くんに尋ねたら、「酔っ払ったみたいで家に帰った」とニヤリとして答えて俺に目を向けた。

「父さん、母さん、お客さんだよ。来年からの俺の雇い主。で、俺の義兄になる人」

拓海くんの紹介を聞いて、雪のご両親が一斉に俺に目を向ける。

雪の父親は髪は白髪交じりで、拓海くんから話を聞いていた通り、厳格そうな雰囲気を身に纏っていた。一方、母親はショートヘアの快活な感じの人で、面差しが雪に似ていた。

「夜分遅くに失礼します。拓海くんから転職についてお話を聞いてらっしゃるかと思いますが、岡本総合病院の岡本司と申します。雪さんとは一年前からお付き合いさせていただいています」

俺がにこやかに挨拶するが、ご両親は口をあんぐり開けて俺を見ていた。

「さあさあ、司さん、姉ちゃん、立ってるのもなんだからここに座って」

拓海くんが立ち上がってご両親側に移動したので、雪と並んで座る。

「本日は結婚の挨拶にお伺いしました。雪さんとの結婚をご承諾くださいませんか?」

ご両親を見据えてお願いすれば、しばし固まっていた雪のお父さんがようやく口を開いた。

「拓海のことでそちらにお世話にはなりますが、娘との結婚はまた別の話です。あなたほどの方なら、女性が放っておかないのでは?」

低く厳しいその声に、周囲の空気も張り詰める。

「お父さん!」

声をあげて父親に注意する雪に、俺は「いいから」と優しく声をかけ、雪のお父さんに視線を戻した。

「僕は病院の跡継ぎですし、お父さんのご心配もわかります。ですが、僕には今も、そしてこれからも彼女しかいません。どうかお願いです。雪さんを僕にください」

手をついて頭を下げるが、雪のお父さんの反応は冷ややかだ。

「口ではなんとでも言えますよ」

お父さんの気持ちはわかる。初対面の相手にすぐに娘をやるなんて言えるわけがない。

「そうですね。ですが、僕は彼女を愛しています。その気持ちは変わりません。誰にも代えられません」

顔を上げて真剣にお父さんの心に訴えれば、彼は腕を組んで鋭い眼光で俺を見つめてくる。だが、俺は決して目を逸らさなかった。

なんとしても俺と雪とのことを認めてもらう。たとえどんなに時間がかかっても認めさせてみせる。絶対に諦めない――。

お互い数十秒無言。

雪たちはそんな俺たちの様子を固唾を呑んで見守っている。

もう口も聞いてくれないのかと思ったが、不意にお父さんが沈黙を破った。

「……雪で本当にいいんですか？」

硬い表情だったが、静かな声で俺に問いかける。

「はい。雪さんだから結婚したいんです。一生大事にすると約束します」

言葉のひとつひとつに自分の思いを込めて言うと、雪のお父さんが目元を和らげて俺に頭を下げた。

「それを聞いて安心しました。どうか娘をよろしく頼みます」

「頭を上げてください。認めてくださりありがとうございます」

少しホッとしながら笑顔で礼を言うと、お父さんが隣にいるお母さんに目をやった。

「お前もいいよな？」

「え、ええ、もちろんよ。こんなにハンサムで立派な方が旦那さまって……。雪もどうしてこんな素敵な人がいるってずっと言わなかったのよ」

雪のお母さんが俺にはニコニコしつつも、雪に文句を言う。

「ご、ごめん」

俯いて謝る彼女の手を握り、お母さんに謝った。

「雪さんを責めないでください。僕が悪いんです。彼女としては結婚するのがはっきりしてからご両親に報告したかったんだと思います。恥ずかしい話ですが、ついさっきプロポーズしたばかりで」

「あの……さっき指輪をいただいたの」

　雪がはにかみながら左手の指輪を見せると、お母さんが興奮した様子で目を輝かせる。

「まあ、素敵な指輪。もう今日はお祝いね。司さん、しゃぶしゃぶでいいかしら？」

「寿司の出前をお願いしたらどうだ？」

　お父さんが俺を気遣ってくれたが、わざわざ出前を取ってもらうのは悪いと思い、丁重に断った。

「いえ、しゃぶしゃぶで充分です」

「じゃあ飲み物は？　ビールでいいかしら？」

　雪のお母さんが尋ねてきて、笑顔で答える。

「はい、ありがとうございます」

　みんなで乾杯すると、ムードメーカーの拓海くんが俺を褒め称える。

「司さんはさあ、俺が尊敬している脳外科医なんだ。来年から司さんと一緒に働けると思うと楽しみで……。それに、俺の義兄になるのも嬉しいなあ。司さんと結婚したら幸せになれるよ。なんせ司さんは姉ちゃんにぞっこんだから。姉ちゃんを見る目が愛に満ちているんだ」

「否定はしないよ」

フッと微笑して返すと、隣にいた雪が顔を赤らめながら俺たちに注意する。

「もうふたりともやめて！」

そんな感じで盛り上がり、雪のご両親とも打ち解けた。

「今日はご馳走になりました。そろそろ僕はお暇させて――」

腕時計を見ると、もう午後十一時を過ぎていた。

今夜は高崎駅の近くにホテルを取ろうと思ったのだが、お母さんが雪に似た笑顔で言う。

「ぜひうちに泊まってください。すぐに部屋を用意しますね」

「じゃあ母さん、俺の部屋に布団敷いといて。司さんと話したいことあるし、俺の部屋で寝てもらうから」

俺が断る間もなく拓海くんがお母さんに声をかけ、泊まる方向で話が進んでいく。

「そう。じゃあ、着替えも拓海のでいいかしらね。背、一緒くらいだし」

「すみません。ありがとうございます」

俺が礼を言うと、お母さんが浮かれた様子で返した。

「そんなお礼なんていいんですよ。だってこんな美形が私の義理の息子になるんですもの」

「司くん、雪の小さい頃の写真を見ないか？　かわいいぞ」

お父さんも酒が入って上機嫌で俺を誘うものだから、雪が少し怖い顔で怒った。

「ちょっとお父さんまでやめて。司さん今日は疲れてるの。また今度にして！」

コロコロと表情を変える雪がなんだかおもしろい。それに、居心地のよさを感じて胸が温かかった。

雪はこの家族の中で育ったんだな。正直言ってこんなに歓迎されるなんて思ってもみなかった。

それから先にお風呂をいただいて、拓海くんに借りたパジャマに着替えると、二階の彼の部屋へ。

「司さん、どうぞ」

拓海くんがドアを開けて、俺を中に入れる。

「お邪魔します」

六畳くらいの広さでベッドとデスクと本棚が置かれたシンプルな部屋で、床には布団が敷かれていた。

「狭くてすみません」

拓海くんが恐縮した様子で謝ってきたので、小さく頭を振る。

「いや、そんなことないよ。医学書が本棚にあるせいか落ち着く。上京する時はなにか必要なものがあったら遠慮なく言って。同じマンションに住むんだし」

俺のマンションの下の階に空きがあって、彼に住んでもらうことにしたのだ。

「いやあ、もうマンション用意してもらえるだけで充分ですよ」

「その分しっかり働いてもらうから」

「はい。期待してください」

この自信とやる気。俺も彼と一緒に働くのが楽しみだ。

しばらく仕事の話をしていたら、コンコンとノックの音がして、パジャマ姿の雪が入ってきた。かなり慌てていたのか、髪がまだちょっと濡れている。

「拓海、なにか足りないものはない?」

「いや、これで全部揃ったよ」

拓海くんが雪を見て企み顔で微笑むと、彼女の肩をポンと叩いた。

「俺が姉ちゃんの部屋で寝るから、姉ちゃんはここで寝ろよ。あっ、ただし静かに頼むわ」

「たーくーみー」

目を細めて怒ろうとする雪に、拓海くんが人差し指を自分の唇に当てて注意する。

「シッ。騒ぐなよ。母さんたちにバレるだろ？ じゃあ、ごゆっくり」

拓海くんが含み笑いをして部屋を出ていくと、雪がバタンと閉まったドアに向かって「もう！」と文句を言った。

「ホント、頼もしい弟だよ。名実共に俺の弟になるのが待ち遠しいな」

「司さん……。あの……その……司さんはベッドで寝て。私はお布団で寝るから」

「せっかく会えたのに別々で寝るのか？ それはないな」

感覚的には、一週間ぶりくらいに雪にやっと会えた感じなのだ。また逃げられたら……と不安になるのはごめんだ。

雪を捕まえてベッドの上に寝転ぶと、ポンと身体が弾む。

「ちょっ……司さん、ここ私の実家だよ」

これから俺に抱かれると思ってあたふたしている雪を見て、ニヤリとした。

「知ってるよ」

「ここでやったら……」

青ざめている彼女に、囁くような声で意地悪く問いかける。

「やるってなにを？」

「そ、それは……そのイチャイチャを……」

オブラートに包んで雪が答えるが、わざとわからないフリをして彼女の耳朶をパクッと甘噛みする。

「その説明じゃわからないな。今イチャイチャしてるし」

「その……だ、男女の営み的な……」

男女の営み……。文学的表現をするのは彼女らしい。

おもしろくてククッと笑いが込み上げてくる。

「顔真っ赤。やっぱ雪をからかうのが一番楽しいな」

身体が疲弊していて体力も限界なのだが、雪と接していると元気が出てくる。

「からかわないでよ。もう私翻弄されっ放し」

笑う俺を彼女が上目遣いに睨んできたので、やれやれとハーッと息を吐きながら返した。

「今回は俺が振り回されてるよ」

篠田とのやり取りを見て逃げられ、連絡しても返事は来ない、その上やっと会えたと思ったら幼馴染にキスされそうになってて……。

「……ごめんなさい」

騒ぎを起こした自覚があるのか、雪が申し訳なさそうに謝ってくる。

「まあいい。こうして今は俺の腕の中にいるんだから。抱くのもいいが、雪が声我慢できないだろ？」

雪を抱きしめながら意地悪な質問をすれば、彼女がドンと俺の胸を叩いてくる。

「なにを言ってるの！」

「痛て。心配するなよ。雪の実家で俺の印象悪くしたくない。ただ今夜はこのまま抱いて寝ていたいんだ」

「今夜はって発言が怖いんだけど」

彼女がそんなつっこみをしてきて、当然のように返した。

「惚れた女に触れずにいられるわけがないだろ？ うちに帰ったら思う存分抱く」

開き直る俺の言葉に、彼女がボッと顔を赤らめる。

「惚れた女……」

「プロポーズしたのに、今さら照れるなよ。そういえば俺と付き合う前、海人に忠告されたのか？ 俺は結婚嫌いだからやめておけって」

昔は海人に『遊びではなく本気の恋をしろよ』とよく注意された。

「……うん。でも、諦めきれなかった。結婚できなくても司さんと一緒にいたくて」

「そういう雪の見返りを求めないところが、俺の心を解かしたんだろうな。俺に告白してくれてありがとう」

あの捨て身の告白がなければ、俺は一生独身だったに違いない。

「最初に私に声をかけてくれたのは司さんだよ。大学の天文部の観望会で……。あの時見せてもらった月のお陰で元気になったし、あなたに恋をしたんだから」

天使のように微笑む彼女を見ていると、心があったかくなる。

「じゃあ、俺たちのキューピッドは月ってことだな……」

なんだか意識が朦朧としてきた。

疲れ果てていたせいか、その会話の後の記憶がない。

気づくと朝になっていて、「司さん」と雪に肩を揺すられて起こされた。

「ん？ 今何時だ？」

ムクッと起き上がって髪をかき上げながら聞くと、雪が明るい笑顔で答える。

「八時だよ。ご飯にしよう」

彼女はもうジーンズと黒のTシャツに着替えていた。

「悪い。ぐっすり寝てた。そんなに寝るつもりなかったんだが」

「疲れてたんだよ。あっ、よかったらこれ、拓海の服」

雪が手に持っていた着替えを俺に手渡す。

「拓海くんにはなにかお礼しないとな」

俺の結婚の挨拶がうまくいくよう協力してくれてとても助かった。

「そんなのいいよ。あんまり甘やかさないで」

「婚約者の弟なんだから甘やかしたくもなるさ」

「あの……私も司さんのご両親に挨拶に行かなくて大丈夫？」

雪が遠慮がちに聞いてきて、う～んと悩みながら答える。

「あまり気が進まないが、そのうち会わせる」

名前だけの両親だが、紹介はしておかないとな。

「気が進まないって……」

俺の言葉に絶句する雪に、あらかじめ伝えておく。

「本当に自慢できるような親じゃないんだ。会ってがっかりするなよ。だが、俺が必ず雪を守るから」

反対されようが、なにを言われようが、彼女を傷つけるような真似は絶対にさせない。

「大丈夫、私が司さんを守るから！」

昨夜俺が両親の話をしたせいだろうか？　俺を守ろうと必死になっている。

「頼もしい婚約者を持って俺は幸せだな。既成事実を作るってのも手だが」

両親が気にするのは病院の跡継ぎのことだけ。子供を作ってしまえばなにも言わないだろう。

半ば本気で考えていたのだが、雪にかわされた。

「またからかってるでしょう？　もう狼狽えないから。ちゃんと段階を踏もう」

からかいすぎて免疫がついたか？

「ちゃんと段階を踏んで子作りすればいいんだろ？」

俺がはっきりと言い直せば、彼女がボッと火がついたように顔を赤くする。

これだから雪をからかうのはやめられない。

クスッと笑う俺を雪が「もう司さん、オブラートに包んでよ」と言って、バシバシ叩いてくる。

こういうちょっとしたやり取りが、俺にとっては幸せだった――。

愛する人と……

「あの……私、大丈夫かな？」

着ている桜色のワンピースをつまみながら、豪華な邸宅の門の前で司さんに確認する。

これはなにを着ていくかずっと悩んでいた私に、彼がプレゼントしてくれた服だ。

司さんの結婚の挨拶から一週間後、私は広尾にある彼の実家に来ていた。今度は私が彼のご両親に挨拶する番。

「よく似合ってる。完璧だ。うちへの挨拶なんかジーパンとTシャツでもよかったんだがな」

この挨拶自体を軽視している彼を上目遣いに睨んだ。

「そういうわけにはいかないよ」

いくら彼にとって愛情を持てない家族でも、親は親。もう一週間前からイメージトレーニングしていたのだけれど、やはり初めてのことで緊張してしまう。

「そんな気負わなくていい」

優しく微笑みながら言って司さんが門の横にあるインターホンを押すと、しばらくして家政婦さんが出てきた。

「旦那さまと奥さまが居間でお待ちです」

「わかった。ほら行くぞ」

司さんが私の背中を押して、玄関に入る。

靴を脱いで上がった先には螺旋階段と長い廊下があって、まだご両親に会ってもいなのに圧倒された。

床には絨毯が敷かれ、壁には高そうな絵が飾ってあって、なんだかホテルに来たみたいだ。やはり庶民の家とは違う。

司さんについて長い廊下を歩いていくと、突き当たりの部屋のドアを彼が開けた。

三十畳ほどのリビングに黒革のソファセットが置かれていて、彼のご両親が並んで座っていた。うちの両親と多分年齢は近いだろうけど、ふたりとも若く見える。

お父さまは司さんの二十年後を想像させるくらい似ていて、髪には白髪がない。

お母さまもどこぞの女優のように艶やかで、髪はシニヨンに纏め、育ちのよさを感じさせた。

ふたりとも身につけているものはブランド物。

それぞれスマホを見ていたが、ドアの音に気づいて私と司さんに目を向ける。

「ちゃんとふたり揃ってるとは思わなかったな」

司さんがご両親を見て皮肉を言えば、彼のお母さまが笑みを浮かべながら返す。

「いらっしゃい。司の母の美樹（みき）です。夫から聞いて興味があったの。どんな子をあなたが選んだのかって。なんだか想像していたのとは違うわね」

多分、息子の結婚相手として篠田先生のような華やかな女性を期待していたのではないだろうか？

でも、司さんは私を選んでくれたんだもの。自信を持つのよ。

ちょっと力む私の手を彼が『大丈夫だ』とでも言うように、ギュッと掴んできた。

「彼女は朝井雪さん。出版社に勤務している」

お母さまの言葉は気にしないようにして、司さんは淡々と私を紹介する。

「朝井雪です。よろしくお願いします」

できるだけいい印象を持ってもらえるよう背筋をピンと伸ばして挨拶すると、司さんと一緒にソファに腰を下ろした。

「司の父の崇史（たかし）です。綺麗な子だな。どこで出会った？」

司さんのお父さまが私に目を向けながら尋ねてきて、司さんが脚を組みながら答える。

「大学の後輩。海人の結婚祝いのパーティーで再会したんだ。彼女のご両親には先週挨拶してきたから」

「なるほど。ご両親はなんのお仕事を？　病院を経営されてる？　それともどこかの会社で役員をされてるとか？」

相槌を打ちながら司さんのお父さまがまた質問してくるが、やはり家の格の違いを感じずにはいられなかった。

だけど、ここで怯んじゃいけない。

自分にそう言い聞かせていたら、司さんが少し不機嫌そうにスーッと目を細めた。

「勝手に決めつけないでくれるか？」

マズい。このままでは喧嘩になりそう。

「あの……父も母も教師をしています。私の弟は司さんと同じ脳外科医で……来年からそちらの病院にお世話になるんです」

慌てて割って入るが、テンパっているせいか弟の話題まで持ち出してしまった。

「ああ。そういえば、脳神経外科にひとり若手が入るって言ってたな」

お父さまが顎に手を当てながら言うと、上司への報告のような口調で司さんが返した。

「ええ。とても有能です。ところで、結婚式はこっちで手配します。内輪でやりたいので。特にそちらにご迷惑はかけません」

「それではうちの親族へのお披露目はどうする？」

「どうせ正月に皆集まるでしょう？　その時に彼女を紹介しますよ。たいして付き合いがあるわけでもないのでいいですよね？」

　こんなに冷ややかな言い方をする司さんを見るのは初めてだった。しかし、次のお母さまの発言にさらに驚かされる。

「ひょっとして子供ができたから急に結婚を決めた——」

「違います。子供は彼女と話し合ってちゃんと段階を踏んでからと考えています」

司さんがお母さまの言葉を遮ったけど、その声は空気が凍りそうなほど冷たかった。

「ごめんなさい。この子が自分から進んで結婚するなんて信じられなかったの。私としては跡継ぎさえ作ってくれればそれでいいわ」

　お母さまは平然とそう言い返すが、司さんはかなり激怒していたのか、とんでもない脅し文句を口にする。

「そうやって彼女にプレッシャーをかけるのはやめてください。俺は別に病院を継がなくてもいいんですよ」

「おい、司！」

　お父さまが司さんの言葉に動揺して思わず声をあげると、司さんがご両親をギロッと睨みつけながらスッと立ち上がった。

「うちを辞めたってよそでも働けますからね。一応義理は果たしたので、これで失礼します。雪、行くぞ」

「司さん、ちょっと待って」

　私もソファから慌てて立ち上がったものの司さんには従わず、彼のご両親を見据えた。

「最後に言わせてください。司さんを産んでくださってありがとうございました。私は司さんに出会えたことにとても感謝しています。大学時代、彼の優しさに救われました。彼がいたから私は前向きになれた。彼が今そばにいてくれるから、私は毎日幸せでいられる」

　自分の思いを口にするが、息が苦しくなって、一度スーッと大きく息をした。ご両親は面食らった顔をしていたけれど、構わず続ける。

「司さんが大病院の息子だろうが、有能な脳外科医だろうが、私には関係ないです。

司さんが司さんだから好きになりました。私には彼しかいないんです。彼しか愛せないんです」

感情に任せて言っているから、文脈はめちゃくちゃかもしれない。それでもこれだけは言いたかった。

「司さんは私が必ず幸せにします」

私の宣言を聞いて、ようやく司さんが笑ってくれた。

「やっぱりすごいよ。雪は」

どこか晴れやかでそれでいて楽しげな彼の顔を見て、自分はやらかしてしまったと気づく。

「あっ……」

きっと司さんのご両親は私に呆れているんじゃないだろうか。変な女を連れてきてって……。

これ以上醜態は晒せない。早く退散しよう。

「きょ、今日はお時間をいただいてありがとうございました。失礼します」

あたふたしながら一礼して司さんと居間を出ようとしたら、お母さまがソファから立ち上がって私に紙袋を手渡す。

「これ、雪さんにあげるわ。司のアルバム。今日からあなたが管理して」

「え？　……あっ、ありがとうございます」

ちゃんと私を名前で呼んでくれた。それにアルバムをいただけるとは思っていなかったので、一瞬呆気に取られてしまった。

司さんはもう居間を出ていて、再度お辞儀をすると、「また来ます」と告げて急いで彼を追いかける。

自分でもどうしてそう言ったのかわからない。でも、また彼のご両親に会いたいって思ったのだ。

やっぱり血の繋がった子供だもの。少なからず愛情はあるんじゃないだろうか。

「うちの母になにをもらったんだ？」

司さんが足を止めて私の方を振り返った。

「司さんのアルバム。ちゃんと用意してくれたんだと思う。司さんの過去も全部いただいたみたいで嬉しい」

「俺の過去ねえ。そんなたいしたものじゃない。俺は雪の約束に惚れ惚れしたけどな。俺を必ず幸せにしてくれるんだろ？」

さっきの私の発言に彼が触れてきて、ハハッと引きつった笑いを浮かべながら答える。

「が、頑張る」

「なに急にトーンダウンしてるんだよ」

「さっきは勢いもあって……」

気まずくて司さんから視線を逸らしたら、彼がクスッと笑った。

「まあそんな頑張らなくていい。俺の隣で笑っててくれれば、それで俺は幸せなんだよ」

「司さん……」

彼の愛情に満ちた言葉に胸がジーンとしてくる。

司さんの実家を後にすると、彼がスマホを見ながら提案する。

「さあて、映画でも観に行くか？」

「病院の呼び出しとか大丈夫なの？」

いつも急な呼び出しがあったりで、映画を観に行くことは今までなかった。

「大丈夫。この一週間で体制を整えた。もう以前のように呼び出されることはない」

私と同棲する前から、彼は病院の体制を変えようと動いていた。

「嬉しい。映画デート初めてだね」

司さんの腕に手を絡めると、彼がからかってきた。

「人気のホラー映画を観るのもいいな」

「うっ、司さんが観たいのなら」

ホラーは苦手だけど、司さんに合わせよう。

「冗談だよ。雪の観たいのでいい」

甘い目で私を見つめると、彼はフッと微笑した。


その年のクリスマスイブ――。

「……病める時も健やかなる時も、夫として愛し慈しむことを誓いますか?」

牧師の言葉に目頭が熱くなるのを感じながら、「はい、誓います」と返事をする。

今日は私と司さんの結婚式。

互いの家族を呼んで都内の教会に来ていた。

司さんは『俺の両親は呼ばなくていい』と言ったけど、私はどうしても出てもらいたくて、ご両親に会って出席をお願いした。

琴音や海人さん、それに同僚の工藤くんも招待している。本当にごく少数の内輪の式のつもりだったので当初工藤くんは呼ぶ予定はなかったのだが、『雪の同僚のＫＵ

DOの御曹司も呼べよ』とまさかの司さんからのご指名。そこで初めて工藤くんがKUDOコーポレーションの御曹司だと知った。

しかも、うちの出版社の親会社だったからすごく驚いたけど、工藤くんのことは常々只者ではないと思っていたので納得もした。私は詳細は知らないのだが、司さんが私を追って高崎に来る前に工藤くんとなにかあったらしい。

式に出席してくれた工藤くんは私のウエディングドレス姿を見て、優しい笑顔で褒めてくれた。

『朝井さん、ホント綺麗ですね。僕の分も旦那さまに幸せにしてもらってください』

僕の分も?と一瞬疑問に思ったけど、自分の結婚式で舞い上がっていたせいかあまり気に留めず、私もとびきりの笑顔で『ありがとう』と返した。

琴音にも『雪、すごく綺麗』と絶賛されたし、それになにより司さんが褒めてくれて嬉しかった。

『綺麗だよ。惚れ直した』

その言葉だけで一生ハッピーに暮らしていけそうな気がする。

司さんが用意してくれたこの純白のドレスはオーダーメイドで着心地がいいし、デザインもとってても素敵で私も気に入っている。肩回りを優しく包むケープカラーが印象的で、肌の露出も少なく、可憐で清楚な雰囲気が漂っている唯一無二のドレスだ。

結婚までの道のりは長いようで短くて、まだ夢を見ているかのよう。

今朝一番で区役所に婚姻届を提出し、私は岡本雪になった。紙一枚の提出で名前が変わるのだから、婚姻届の効力のすごさを感じずにはいられない。

私が司さんの奥さん……。

ひとり感動していたら、突然ベールを上げられ、司さんの顔が近づいてきた。

「ちゃんと式に集中しろよ」

司さんがクスッと笑いながら私の耳元で囁き、誓いのキスをしてきた。

両親や拓海に見られるのに抵抗があったが、司さんの唇が温かくてもう気にならない。司さんのキスを受けながら、ずっと彼を支えていこうと心に誓う。

イブのナイトウエディングは、ヴァージンロードの両端にキャンドルが灯されていてとても幻想的。

「結婚式も悪くないな。こんな綺麗な奥さんが見られるんだから」

牧師とのやり取りが終わると、司さんが私を見てボソッと言う。

「私もこんなにカッコいい司さんが間近で見られて役得」

目にしっかり焼きつけて、後で写真もじっくり眺めよう。

「ふーん、いつもはカッコよくないと？」

私の言葉に彼が不満そうな顔をするので、慌てて弁解する。

「カッコいいよ。でも、タキシード姿も独り占めしたいくらいとっても素敵なの」

ダークグレーのタキシード姿がもう魔的な美しさがあって魅入ってしまう。

「これから思う存分独り占めしてくれ。期待してる」

うっとりと司さんを見つめていたら、彼が極上の笑みを浮かべた。

結婚式でもからかわれるが、これが私たちの日常。

とっても幸せな時間――。

親しい人たちに見守られながら、愛する人と笑顔でヴァージンロードを歩いて退場した。

番外編　家族が増えて……

「あ〜、校了終わったあ」

全部チェックが終わり、う〜んと両腕を上げて背伸びをする。

結婚して早いもので一年が経った。結婚前から同棲していたこともあり、私の生活はあまり変わっていない。

「僕も終わりました。なにか食べに行きます？」

工藤くんもフーッと息を吐いて、私に目を向けた。

「そうだね。ランチしてちょっと休憩しないとね」

ニコッと笑って彼と向かったのは、会社の近くにある洋食屋。

ここのデミグラスハンバーグが、最高に美味しいのだ。

午後二時を過ぎていたので、店内は空いていた。

窓際の席に座ると、彼がメニューを差し出してきたけど、「私はいいよ」と軽く押し返す。

「チーズ入りのデミグラスハンバーグにする」

「おっ、いいですね。僕も同じのにしよう」

工藤くんがメニューをしまい、店員を呼んで注文する。

「そういえば、朝井さんの旦那さんは、僕とこんな風にたまにランチするの知ってるんですか？」

職場ではメールアドレスの変更とかいろいろと面倒なので、結婚後も『朝井』で通している。

「うん。別に隠す理由ないし」

毎日夕食の時に司さんとはお互いなにがあったか話をする。勤務体制が整ったことで、彼も午後八時には帰宅するようになった。日によっては私が遅くなることもあってその時は彼が夕食を作って待っていてくれる。

「普通、異性との食事にいい顔しない旦那さんもいるじゃないですか？」

「だって工藤くんは同僚だもん。仕事の打ち合わせとかもしたいじゃない？　司さんも別に工藤くんと食事するな……なんて言わないよ」

ハハッと笑って返すが、工藤くんが疑り深く聞いてくる。

「顔歪めてたりとかしてません？」

「ううん。工藤くんの話しても別に普通の顔だよ。どうしてそんなこと聞くの？」

質問の意図がわからず首を傾げる私を見て、彼がちょっとおもしろくなさそうな顔をする。

「いえ……。すげー余裕というか、自信というか。直接旦那さんと話してないのに、惚気られた気分です。お互い信頼し合ってるんですね。ホント、幸せそうでよかったですよ」

今度はニコッと優しい笑顔を私に向けてきて戸惑ってしまう。

「なんだかよくわからないけど……司さんとなにかあった？　ほら、私の結婚式だって司さんが工藤くんを呼んだし」

ずっと不思議に思っていたことを尋ねると、彼がテーブルに片肘をついてニヤリとする。

「ああ。僕に朝井さんの幸せな花嫁姿を見せたかったんでしょうね。実は朝井さんが泣いて実家に帰った時、旦那さんに電話をしたんです。朝井さんを泣かすなら僕がもらうって」

そんな話、司さんからもひと言も聞いてないんですけど……。

「え？　え？　ちょ……ちょっと待って。そんなこと本当に司さんに言ったの？」

とんでもない暴露話に動揺して言葉がつっかえる私とは対照的に、工藤くんは楽しげに目を光らせて聞いてくる。

「ええ。旦那さん、なんて言ったと思います？」

「……その状況、想像できなくてわからないよ」

工藤くんの冗談じゃないの？

もう頭が混乱して司さんがどう言ったかなんて考えられない。

「旦那さん、『そんなことは絶対にさせない！　俺は人生かけて彼女を愛してる。お前のような生半可な気持ちの奴に絶対に雪は渡さない』って僕に言い返したんです」

工藤くんの言葉を聞いて、顔の熱が急上昇する。

「嘘……」

司さんが工藤くんにそんなこと言ったの？　本当に？

「嘘じゃないですよ。熱烈すぎて一言一句覚えているんですから」

「なんか直接言われてないのに顔が熱いんだけど……」

火照った頬を両手で押さえる私に、工藤くんが優しい眼差しを向けてきた。

「あの時は僕……朝井さんのこと好きになりかけていたんだと思います。だから、旦那さんが許せなくて……放っておけなくて……。でも、あれだけの愛の強さを見せつけられたというか、聞かされて、完敗だって思いましたよ」

どこか晴れやかな顔で語って、彼は小さく微笑する。

「工藤くん……」

目の前で司さんの言葉を聞かされたら、きっと涙ポロポロ流してただろうな。今だって、胸がすごく熱い。

でも、工藤くんが私のことを好きになりかけてたって……。

過去の話とはいえ、なんて言葉をかけていいか考えていたら、彼が悪戯っぽく目を光らせる。

「ってことで、朝井さんのことはきっぱり諦めました」

冗談のように言われたので、私のことを好きになりかけてたという真偽のほどはわからない。それでも工藤くんに伝えたかった。

「工藤くん、ありがとね」

私が今幸せなのも、工藤くんや拓海たちの支えがあったからだ。

「どういたしまして。世界一幸せな奥さんになってください」

優しい目で告げる彼の目を見て、コクッと頷く。

「うん。なるよ。でも、自分のことも気にしてよ。最近プライベートはどうなの?」

なんでも話せる同僚なので、ついつい踏み入った質問をしてしまう。

「月イチで見合いしてます。逃げてもどこかで設定されるので仕方なくですけど」

急に脱力した様子で話す彼に、労いの言葉をかける。

隣の席で仕事してるから忘れてしまうけど、そういえば彼も御曹司だった。

「大変だね。でも、ポジティブに考えればそういうのも出会いだから、いつかいい人に巡り会えるかもよ」

「だといいですけど。……なんだか姉に言われてる感じがします」

見合いに否定的なのか、彼は苦笑いする。

「ああ、そういえばお姉さんいるって言ってたよね」

「ええ。うちの姉も結婚して、今姪っ子連れて実家に帰ってきてるんです。姪がまたかわいいんですよ」

工藤くんがスマホを出して愛らしい赤ちゃんの写真を見せてくる。

「お目々パッチリだね。かわいい。もうメロメロでしょう?」

「ええ。メロメロです。なんでも買ってあげたくなる。ちなみに、姉は岡本総合病院で出産したんですよ」

「へえ、そうなんだ」

彼の姪っ子の話で盛り上がっていたら熱々のハンバーグが運ばれてきて、いただきますをして食べ始めた。

フォークとナイフでハンバーグを切ると、蕩けたチーズが中から流れ出す。

いつもなら美味しいと感じるはずが、今日は気分が悪くなった。

チーズの匂いが強烈で、胃がムカムカする。

今朝もご飯の匂いが少し気になってあんまり食べられなかった。

校了もあったし、胃腸が弱ってるのかな？

なるべくチーズを避けるようにして食べていたら、工藤くんが怪訝な顔をする。

「チーズがついた部分残してますけど、どうかしたんですか？」

「胃がムカムカしちゃって。ずっと気を張って仕事してたからかな？　なんだか匂いも受け付けなくて」

「それっておめでたじゃないですか？　匂いがダメになるって」

工藤くんの指摘に目をパチクリさせる。

「おめでた……？」

「僕の姉も妊娠初期の頃は急にご飯とかコーヒーの匂いが気持ち悪くなって、食べられなくなったんですよ」

彼の話がそのまま私の症状と一致する。

「確かに……今日ご飯の匂い嗅いで気分悪くなっちゃった」

結婚してるし、普通に夫婦生活があったら妊娠してもおかしくない。

それに私は生理不順で、毎月決まった日に生理が来ない。

「校了終わったんですから、病院行って調べてもらった方がいいですよ」

「うん」

彼の言葉に返事をしつつも、突然のことに狼狽えてしまう。

とりあえず病院に行く前に、ドラッグストアで検査薬を買って調べよう。

ただの食あたりの可能性もある。

ランチの後、工藤くんと店の前で別れ、近くのドラッグストアで検査薬を買い、早速会社のトイレで確認すると、陽性だった。

私……妊娠してる？

今日の業務は終わったので、会社を早退して岡本総合病院へ。

産婦人科で診てもらうと、「おめでとうございます。ご懐妊ですよ」と女医さんに言葉をかけられ、エコー写真を渡された。

司さんとの赤ちゃんがここにいる。まだ実感がないけど、すごく嬉しい。

そっとお腹に手をやって、診察室を後にする。

緊張していたせいか、無性に喉が渇いた。

カフェでなにか飲もうかな。ちょっとひと休みしたいし。

一階にあるカフェに立ち寄ったら、サンドイッチをぱくついている弟がいて声をかけられた。

「あれ、姉ちゃんなんでいるの？　どっか具合悪い？」

いくら弟でもまだ司さんにも伝えていないのに赤ちゃんができたなんて言えない。

「ううん、大丈夫。あの……その……病気じゃないから」

咄嗟にそんな言い訳をすると、勘のいい拓海はなにか察したようでしつこく追及してこなかった。

「前座れば？」

二人掛けのテーブルに座ってる拓海が前の椅子を指差すのを見て、コクッと頷く。

「ああ、うん」

バッグを置いてカウンターに行き、コーヒーを頼もうとしてハッと気づいた。

そうだ。カフェインはダメだった。それに今の体調じゃ気持ち悪くなるだけだよね。

メニューを見て、ジンジャーエールを頼む。

コーヒーも紅茶もコーラも、それにウーロン茶もダメとなると、それくらいしか選択肢がなかった。

飲み物を受け取って席に戻ると、拓海に「今日は仕事は？」と聞かれた。

「校了が終わったとこ。拓海は今お昼なの？」

「そう。司さん執刀の手術の前立ちして、やっとね。でも、司さんは続けて外来の診察してる」

「聞くだけでハードだね」

早く帰れるようにはなったけど、やっぱり忙しいんだろうな。

「姉ちゃんだって、普段休憩らしい休憩はそんな取ってないんじゃないの？」

拓海がサンドイッチを飲み込むように咀嚼すると、私に目を向けた。

「決まった時間には取ってないけど、休む時は休むよ。目だって疲れるし」

サンドイッチを飲み込んで喉に詰まらないのだろうか？

「ならいいけど。おっ、そろそろ戻らないと。司さんになにか伝えることある？」

拓海がチラリと腕時計を見て、慌てて席を立つ。

「うーん、特にいいよ。家で会うし。なにも言わなくていいから」

むしろ私に会ったことも言わないでもらいたい。彼には仕事に集中してほしいから。

「了解。じゃあ、気をつけて帰れよ」

拓海が軽く手を上げたので、私も小さく手を振った。

わざわざ気をつけて帰れよ……なんて言葉をかけたってことは、妊娠のことやっぱりバレちゃったかな。

でも、弟はちゃんと空気を読めるから、余計なことは司さんには言わないだろう。

やっぱり赤ちゃんができたって私の口から司さんに伝えたい。

司さん、どんな反応するかな？　ちょっと楽しみ。

彼が驚く顔を想像しながらジンジャーエールを飲むと、胃のむかつきが少し治まった気がした。

それから病院を後にしてマンションに帰る。スーパーに立ち寄るのを忘れてしまったが、病院に行って疲れたので、今さら外に出る気にはなれない。

お祝いに豪華なご飯を作りたかったけど、今日は冷蔵庫の残り物になりそう。

フーッと息を吐いて玄関に上がって洗面所で手を洗うと、リビングに行ってソファに腰を下ろした。

本当に妊娠したのよね？

まだどこか夢見心地で、バッグの中に入れておいたエコー写真を手に取って見た。

夢じゃない。やっぱり現実だ。

あ〜、司さんにどう報告しよう。

メッセージを送ってそれとなく仄めかす？　いや、仕事中は邪魔したくない。

彼が帰ってきて夕飯食べる時に、エコー写真を見せる……とか。

どう伝えようかとシミュレーションしていたら、だんだん眠くなってきた。

「疲れたからちょっとだけ寝よう」

十分ほど休むはずが、そのまま寝てしまい、司さんに起こされた。

「……雪、雪、ご飯ができたから食べよう」

「え？　ご飯？」

ハッとして目を開けると、彼の顔が視界に映った。

「そう。ご飯」

彼が顔を近づけて、私にチュッとキスをする。

「あ〜、私、寝ちゃった」

少し青ざめる私の頬を彼がそっと撫でた。

「疲れてたんだろ？　そんな落ち込むなよ」

「落ち込むよ。だって……あっ」

「だってなに？」

彼が優しく先を促す。

「それはその……」

段取りがめちゃくちゃになり、言葉に詰まった。

「俺になにか報告することがあるんじゃないのかな？」

司さんがニコッとしながら私にエコー写真を見せてきたから、びっくりして思わず声をあげる。

「あっ、あ……それ！　え？　司さんがなんで？　あれ？」

「落ち着けよ。さあ、ゆっくり深呼吸しようか」

言われるまま大きく息を吸って吐くと、彼に目を向けた。

「どうしてエコー写真持ってるの？」

「床に落ちてた」

司さんがとても穏やかな目で返し、私を見つめて説明を求める。

ああ、私寝てる時に落としちゃったんだ。

「あのね……最近なんとなく胃がムカつくと思ってね。それで……ええと工藤くんとランチ食べてたらチーズの匂いでまた胃がムカムカして、工藤くんがそれはおめでたじゃないかって……で、病院で診てもらったらご懐妊ですよって」

気持ちが先走ってしまいうまく言葉にならなかったけど、私の話を聞いて彼がとびきり甘い目で微笑んだ。

「嬉しいよ。最近食欲なさそうだったから、俺も今日帰ったら検査を勧めようと思ってた」

さすがお医者さま。なにも言わなくても私の異変に気づいていたんだ。

「そうだったんだ？　私、全然気づかなくて」

工藤くんに指摘される始末。琴音が妊娠した時、悪阻の話とか聞いたのに、ホント鈍いなって思う。

「仕事が忙しかったからだろ。今後はあまり無理するなよ」

司さんが持っていたエコー写真を私に手渡した。

「うん」

これからはしっかりしなきゃ。

「ご飯、食べられそうか？」

私の体調を気遣うように聞いてきて、少し考えながら答える。

「うーん、食べてみないとわからないけど」

「多分悪阻が始まってるから無理して食べなくていいし、俺の食事も作らなくていい。

他の家事も無理しないで、雪の体調を優先するように。わかったか？」

「うん。ありがと」

疲れて帰ってきても文句も言わず食事を作ってくれて、私の体調も気にしてくれる。

じっと彼を見つめていたら、彼が怪訝な顔をする。

「ん？　気分でも悪いのか？」

「ううん、私にはもったいないくらい素敵な旦那さまだなって」

彼に出会って恋をして、そして思いが通じ合って結婚して……。

私にとってはすべてが奇跡のようなもの。

「雪が結婚してくれなかったら、俺は一生独身だったよ。俺をもらってくれてありがとう」

彼に蕩けそうな笑顔を向けられ、その日は段取り通りにいかなかったけど、忘れられない日になった。


「……二十五、二十六、二十七、二十八、二十九、三十」

司さんと誉（ほまれ）がお風呂に浸かってカウントする声が、脱衣所にも聞こえる。誉というのは、二歳になる私と司さんの息子。

バスタオルを手に持ち、息子が出てくるのを待つ。

「ママ〜！」

誉が浴室のドアを開けて出てきたところをガシッと捕まえた。

「あと、よろしく」

司さんがニコッと笑って浴室のドアを閉めると、優しく話しかけながらバスタオルで誉の身体を拭く。

「パパとのお風呂楽しかった？」

「うん。パパとしゃぼんだました。ママ、パジャマぼくがきる」

誉は二歳になってから、なんでも『ぼくやる』と主張するようになった。

「おっ、誉すごいね」

誉のやる気をまず褒めると、息子が目を輝かせた。

「ママ、みてて」

これはもう口癖。一日に十回以上使う。

「うん、見てるよ」

笑顔で誉が服を着るのをしっかりと見守る。

こういうちょっとした時間も、子供が親にくれる素敵なプレゼントだと思う。

幸せで、とっても温かい気持ちにさせてくれる。

下着を着た誉が、黙々とパジャマの上着に袖を通し、ひとつひとつボタンをはめていく。

時間はかかっているけど、掛け違えてはいない。うちの子は結構慎重派なのだ。

頑張れ～と、心の中で声援を送りながら拳を握っていると、誉がちょっと誇らしげに私を見た。

「ぼたんできた」

「うん。上手にできたね。あとはズボンだね」

とびきりの笑顔で頭を撫でると、誉がにっこりととても嬉しそうな顔をする。

「うん」

誉がコクッと頷いて、ズボンを手に取る。

脱衣所のカーペットに座り、「うんしょ、うんしょ」と声を出してズボンに足を入れて引き上げた。最後にちょこんと立ち、目をキラキラさせて訴える。

「ママ、できたよ」

「すごいね。ひとりでできたね～」

息子をギュッとして頭を撫でていると、浴室のドアが開いて司さんが出てきた。

「あれ、まだそこにいたんだ？」

バスタオルを手に取って身体を拭きながら、私と誉に目を向ける。

司さんの裸を目にしてギャーと心の中で叫んでいたら、誉が得意げに報告する。

「パパ、ぼくパジャマきれた」

「へえ、それはすごいな。これでひとつお兄さんになったな」

司さんが少し屈んで誉の頭をクシャッとした。

子供の成長って早いな。あっという間に大人になりそう。

ゆっくりでいいからね……なんて思ってしまうのは親のエゴかもしれない。

今のかわいい時をそばで見守る。それが親としての務めで、この上ない幸せなんだと思う。

会社の方は妊娠初期の悪阻がひどくて休職し、結局そのまま復帰せずに退職してしまった。職場環境はよくて、体調優先でいいと言われていたし、育休を取って復帰してバリバリ仕事をしている編集者もいたけど、やはり誉の成長をそばで見守りたくて退職を決め、私の業務は工藤くんに引き継いだ。

今は誉がお昼寝をしている時に小説を書いている。いつか小説家になる夢がママになっても叶うことを願って……。

司さんに名前を呼ばれて、ハッと思考を中断する。

「……雪、雪」

咄嗟に笑顔を作って返事をすると、彼はもうパジャマを着ていた。そのことにホッとする。

「は、はい。なに？」

「誉は俺が寝かしつけるから、雪も風呂に入れば？」

やはり結婚していても、夫の裸は心臓に悪い。

「ああ、うん。そうする。じゃあ誉、おやすみ」

誉をギュッとしてその額に軽くキスをしたら、誉も「ママ、おやすみ」と言って私の頬にキスをする。

ホント、愛おしくて離れがたい。

ふたりがバスルームを出ていくと、私もお風呂に入った。

身体を洗って、ゆっくり湯船に浸かる。

ほどよいひとりの時間。

お風呂から上がって誉の部屋に行くと、ちょうど司さんがドアを開けて出てきた。

「寝た？」

「もうぐっすり。今日誉と公園でかけっこしたんだって？　ママに勝ったって嬉しそうに言ってたよ。本気で走って負けた？」

司さんがそんな冗談を言ってきて、ハハッと苦笑いする。

「本気は出していないけど、あと数年したら本気出しても負けるかも。運動は苦手で」

「で、誉を追いかけてちょうどいい運動になってるわけだ」

フッと笑う彼に、苦笑いしながら返す。

「……うん、まあね」

「小説の方は？」

仕事を辞めたこともあって、小説を書くよう勧めてくれたのは彼。気になるのか進捗状況をちょくちょく聞いてくる。

「ゆっくりだけど進んでるよ。書いてると楽しい」

「工藤が書き上げたら読ませてくれって」

いつの間にか司さんと工藤くんの間にはホットラインができていて、私が悪阻で苦しんでいた時もふたりは連絡を取り合っていたらしい。

私が吐き気がひどいのに出勤しようとしたこともあったから、司さんが工藤くんに連絡したのだ。なんせ工藤くんはうちの出版社の親会社の御曹司だし、私の仕事を全部任せられる同僚だったから。

「元同僚に読まれるって、夫に読まれるよりも恥ずかしい。いろいろつっこまれそう」

自分の原稿が工藤くんのチェックだらけになるところを想像していたら、司さんがおもしろくなさそうに顔をしかめた。

「それ……なんか妬けるんだけど」

「え？　なんで？　工藤くんとランチしても特になにも言わなかったでしょう？」

「言わなかったけど、仕事だと思ったから。本音を言えば男を近づけたくない」

少しムスッとした顔で言って、彼が私に口づけてくる。

「んん！　……司さん？」

突然のキスに驚いて目を大きく見張った。

「俺だけを見ていてほしい」

言葉だけでなく、彼の美しい双眸も私に訴える。

彼がそんな独占欲剥き出しな発言をするのは珍しい。

びっくりだけど、嬉しさが込み上げてくる。

「こら、なに笑ってる？」

おもしろくなさそうに私をじっと見つめてくる彼に、フフッと微笑んだ。

「だって、司さんがやきもち焼いてくれるんだもん。なんか幸せ」

「誉と一緒にいる姿見ても妬けるって言ったら？　心が狭いって思うか？」

司さんが私の愛情を試すように問いかけてきて、年上なのにかわいいと思ってしまった。

「ううん、とっても嬉しい。ちゃんと私が好きなんだなって。司さんにはいつまでも女として見られたいな」

母親になったら女として見られないって男の人もいるけど、彼は違う。

年齢を重ねても綺麗にいられるよう自分を磨こう。

十年後も二十年後も……、ううん、おばあちゃんになっても彼に愛されたいから——。

「俺にとっての女は雪だけだよ」

私の頬を両手で挟むと、彼は今度は愛を誓うように口づけた。

番外編　妻に感謝したい　―　司side

「給食、みんな一緒だね。いただきます」

誉がニコニコ顔で手を合わせるのを見て、俺も雪も笑顔でいただきますをしてスプーンを手に取る。

「まあ、親子で給食なんて普通食べないよな」

俺の横で楽しそうに牛乳瓶の蓋を開ける誉にそんな言葉をかけると、斜め前に座っている雪が笑顔で頷いた。

「確かにそうだね」

俺たちは結婚前に訪れた瀬戸内海にある島に旅行に来ていた。

今いるのは、前回も来た廃校をリノベーションしたカフェ。今回も給食のセットを頼む。メニューは前と一緒だ。

息子の誉は五歳になった。大きくなるにつれ、俺にそっくりだと皆が言う。

小さい時から慎重な子だったけど、今は何事にも冷静という言葉がしっくりくる。

雪が部屋で蜘蛛(くも)を見つけて『ギャー』と叫んでも誉は落ち着いていて、にっこりとして蜘蛛を窓の外に逃してやる。

『もう大丈夫だよ、ママ』

他にも雪が家の戸締まりをしたかあやふやな時も、誉は冷静に『僕もちゃんと見てたから大丈夫』と彼女に言うらしい。

観察眼があるというか、周りがしっかりと見えているのだ。

給食を食べ終わるとカフェを出て、レンタカーで前も行った山頂にある神社へ。

「ロープウェイで行くか？」

普通は子供の希望を聞くところだが、雪の体力に不安があるのでまず彼女に確認する。

「大丈夫。階段上るよ」

明るく笑って答えているけど、いつまで笑顔でいられるだろうか？

「ママ、無理しなくていいんだよ」

雪の体力がないことを知っている誉が、五歳児にしてはできた気遣いを見せる。

誉は長い階段を見て興奮気味に目を光らせていたけど、自分の気持ちを優先せずにママのことを一番に考えるんだから、本当に優しい子だと思う。

「誉と運動してるから、大丈夫だよ」

自信満々に返す雪を見て、誉が口には出さず『大丈夫かな?』という視線を俺に送ってくる。

まあ、前回もなんとか上ったし、行きは大丈夫だろう。

「じゃあ、階段にしよう」

俺の言葉を聞いて、雪と誉が「「はい」」と元気よく返事をする。

顔はあまり似ていないけど、息が合っているところはやっぱり親子だなって思うし、笑い方はそっくりだ。

クスッと笑い家族三人で階段を上っていくと、百段くらいで雪が息切れしてきた。

俺は少しペースを落とすが、誉は興奮して少し先に行く。

「司さん、……私ゆっくり行くので、誉をお願い」

雪が息を乱しながら俺に頼むので、コクッと頷いた。

「了解。誉〜、ひとりでそんなに先に行くな」

サッと階段を駆け上りながら、先にいる誉に注意する。

「はーい。ママ、置いてきちゃったの?」

誉が足を止めて俺の方を振り返る。

「ママはゆっくり上るから」

「そっか。ぼく、こんなに階段上ったの初めて。下見るとすごいね。あっ、ママだ！ ママ～！」

誉が雪の姿を見つけて大きく手を振ると、雪も両手で振り返した。

「僕、ママが上ってくるまで待つよ」

「あと五十段くらいだけどいいのか？」

「やっぱり三人でてっぺんに行きたい」

「ああ、そうだな」

息子の言葉に頷いてふたりで雪を待っていると、彼女がゼーハー言いながら上ってきた。

「ママ、遅くてごめんね」

「ううん、僕とパパは休憩してたんだよ」

誉が安心させるように言うと、雪がとても嬉しそうに微笑んだ。

「休憩ね。あともうちょっとで上りきるのに」

誉が先導するように雪の手を掴んで残りの階段を上り、俺もその後についていく。

階段を上りきると、雪がしゃがみ込んだ。

「ママ、大丈夫？」

「大丈夫だけど、疲れた～。あ～しんどい。私、もう年かな？」

自虐的にそんなことを言う彼女につっこんだ。

「前に上った時も似たようなこと言ってたぞ。運動不足なだけだ」

「誉といるから少しは体力ついたと思ったのに」

「通勤しなくなったから、それで相殺されたんじゃないか。通勤は結構体力使うからな」

俺の説明に雪が深く頷く。

「……確かに」

テンションが落ちている雪に、誉が笑顔で誘う。

「ママもテニスする？」

誉は今年からテニスを習い始めていて、休日に俺とテニスをすることもある。雪はそんな俺たちの姿をただ見ているだけだったが……。

「そうだね。ママもやってみようかな。三人でテニスやったら楽しそうだもんね」

その後神社にお参りすると、帰りは雪の体力も考えてロープウェイで下りる。もう日が落ちてきたので、車を運転して宿泊先のホテルへ向かった。

ホテルに着いてチェックインの手続きをしようとフロントへ行くと、柿崎が笑顔で出迎えた。

「お待ちしてましたよ。誉くん大きくなりましたね」

「四年ぶりだな。いろいろバタバタしていてな」

フッと微笑しながら、誉の頭をポンとした。

誉が一歳の時にここに連れてきたことがある。しかし、ここ数年の盆と正月は、雪と俺の実家に行っていた。

雪の両親はもちろんだけど、うちの両親も誉のことをかわいがっていて、あの疎遠だった両親が病院で顔を合わすたびに『休みには誉くんを連れてきなさい』としつこく言うのだ。誉へのプレゼントを持ってうちに来ることもある。

誉のお陰で俺も親との仲が少しよくなってきた。

「柿崎さんお世話になります。ご婚約されたと司さんから聞いてますが」

雪が笑顔で話しかけると、柿崎は少し照れた様子でポリポリと頭をかく。

「いやあ、まあ、そうなんです。先輩のところみたいに幸せな家庭を築けるといいんですけど。誉くんは、おじさんのこと覚えてるかなあ？」

しゃがんで誉と視線を合わせた柿崎に、誉は礼儀正しく背筋をピンとして答える。

「覚えてないです。ごめんなさい。パパとママのお友達？」

誉が俺と雪に目を向けて確認してくるので、コクッと頷いた。

「そうだよ」

「僕のパパとママがお世話になってます」

誉が柿崎に視線を戻し、ペコリと頭を下げると、大人三人がクスクス笑った。

「誉くんが先輩たちの保護者みたいですね。誉くん、まだ小さいのに大人だなあ。うちで働かない？」

柿崎の誘いを誉はニコッと笑顔を作って断る。

「ごめんなさい。僕は脳外科医になるので」

俺なら無表情で拒否するが、笑顔で断るところが実に息子らしい。そこは雪に似たんだと思う。

誉の勧誘に失敗した柿崎は、俺と誉を交互に見て楽しげに笑う。

「ハハハ、小さくなった先輩みたいですね。脳外科医になるかあ。今学校のテスト受けたら俺負けそう」

「ああ。そうかもしれないな」

柿崎の話を聞いて真顔で肯定したら、彼がちょっと焦った顔で文句を言う。

「先輩〜、そこは否定してくださいよ」

「悪いな。だが、誉、すごく記憶力がいいから」

本も一度読んだら覚えるし、トランプの神経衰弱だって本気で相手をしないと勝てない。

「パパ、柿崎さんは楓ちゃんのパパともお友達なの？」

誉が柿崎をじっと見つめながら俺に聞いてくる。

楓ちゃんというのは海人の娘で、年は誉のひとつ上。月に数回互いの家を行き来していて、誉とも仲がいい。

「友達ではないけど、楓ちゃんのパパのことは知ってると思うよ。柿崎、一之瀬も来てるだろ？」

いいホテルだからと、俺が海人に薦めたのだ。

「ああ、先輩が紹介してくれた一之瀬さん、お正月に見えましたよ。楓ちゃん、かわいかったです。次はぜひ楓ちゃんと一緒に来てね」

柿崎の言葉に、誉が「うん」と大きく頷く。

「今日はうちで一番豪華な部屋をご用意させていただきました」

柿崎が胸を張って得意げに言うものだから、わざと軽くあしらった。

「まあ、当然だな」

「先輩～、そこは感動してくださいよ。俺も頑張ってるんですから」

普通にしてれば有能なホテルのオーナーに見えるのに、俺の前だと急に子分のような振る舞いをする柿崎がおもしろい。

しばらく放置しようと思ったら、誉が柿崎の頭に手を伸ばして、雪にされるみたいに撫で撫でする。

「うん。柿崎さん頑張ったね」

「性格は奥さんに似てよかったですね」

誉の優しさに感動したのか、少し涙目で言う柿崎の言葉に、片眉を上げた。

「なんだと?」

「い、いえ、なんでもありません。あ～、誉くんはホントにいい子だなあ。このまま育ってね」

柿崎が誉の髪が乱れるくらいよしよしと頭を撫でるのを見て、俺は雪と目を合わせてクスクスと笑みを交わした。

それから部屋に案内されると、誉が窓からの景色を見て、目を輝かせる。

「わー、目の前が海だ。このまま海に飛び込めそう。外にあるお風呂からも海見えるよ」

誉の後を追いながら、雪が優しく注意する。

「本当に飛び込まないでね」

「はい。あ～、大きなベッドが三つ並んでる～」

今度は寝室に移動した誉がベッドを見てニンマリした。

いつも旅行先ではダブルベッドをくっつけて三人で寝ることが多かったが、今回は大人用のベッドをひとりで使えるとあってテンションが高い。

「どのベッドにする？」

俺の質問に息子はとびきりの笑顔で答える。

「もちろん窓側。ベッド、ふかふかしてる～」

ゴロンと誉が早速窓際のベッドに横になると、雪もその隣のベッドに寝転ぶ。

「あ～、寝心地いい。ベッドにいると、寝ちゃいそう」

「階段上りの疲れもあって？」

「それもそうだけど、なんだか落ち着くの。柿崎さんにも歓迎されてるし」

「そうだな。……って、誉寝てないか？」

微かにスーッスーッと寝息が聞こえる。

「あっ、ホントだ。今日移動が多かったから疲れたんだろうね」

「先にお風呂入ってくれば？」

俺も雪のいるベッドに寝転んでそう声をかけるが、彼女は俺と目を合わせクスッと笑う。

「根っこが生えちゃって動けない。……あふっ、私も眠くなってきた。ちょっとだけ休憩」

「休憩と言ってそのまま寝そう」

目を閉じる雪を見てボソッと呟くと、本当に寝てしまったようで静かになった。

寝たな……。

ふたりとも幸せそうに眠っている。

こういう穏やかな時間がいい。

仕事がどんなに忙しくても、家族の顔を見ると元気が出る。

雪と結婚して、誉が生まれて……。

俺に人を愛することを教えてくれた妻に感謝せずにはいられない。

『あの……ペットでもいいからそばに置いてくれませんか⁉』

雪のあの突飛な発言がなければ、俺たちは一緒にいなかったかもしれない。

運命って不思議なものだな。

これからずっと雪と一緒に年を取っていくのが楽しみだ。

十年後も二十年後も……。

「おやすみ」

チュッと雪の額にキスをすると、俺も優しい眠りに誘われた。

The end.

あとがき

こんにちは、滝井みらんです。あとがきのページは毎回悩むのですが、最後まで楽しんでいただけたら嬉しいです。

――ホットライン――

司　岡本だが、今大丈夫か？
工藤　ええ。どうしました？　僕にかけてくるなんて珍しいですね。朝井さん……雪さんの具合が悪いとか？
司　察しがよくて助かる。悪阻がひどくて、家で仕事するのも難しい状態なんだ。
工藤　本人は今日うちで仕事するってメッセージ送ってきましたけど、まあ無理させたくないですよね。
司　ああ。彼女の仕事のことまでは俺もよく把握してないから、お前に頼めないかと思って。
工藤　任せてください。僕の方でうまくフォローしますから。
司　悪いな。助かる。

工藤　いえいえ。うちの姉が司さんの病院で大変お世話になったようですし、雪さんには元気な赤ちゃん産んでもらいたいですから。

司　そういえば、彼女の妊娠に気づいて病院に行くよう勧めてくれたよな？　お前にはいろいろと感謝してる。

工藤　僕がお子さんの名付け親になってもいいですよ。

司　それは図々しすぎるだろ。

工藤　冗談ですよ。本気にしないでください。

司　いや、お前は本気で言いそう。

工藤　ハハッ、名付け親は置いておいて、赤ちゃん生まれたら会わせてくださいね。

司　ああ。お前に子守りを頼むかもしれない。

工藤くんは、今回の私の推しキャラです（笑）。

最後に、いつも的確なアドバイスをくれる編集担当さま、また、素敵なイラストを描いてくださった荒居すすぐ先生、御礼申し上げます。そして、いつも応援してくださる読者の皆さま、心より感謝しております。このご縁が続きますように！

滝井(たきい)みらん

滝井みらん先生への
ファンレターのあて先

〒104-0031
東京都中央区京橋 1-3-1
八重洲口大栄ビル7F
スターツ出版株式会社　書籍編集部　気付

滝井みらん先生

本書へのご意見をお聞かせください

お買い上げいただき、ありがとうございます。
今後の編集の参考にさせていただきますので、
アンケートにお答えいただければ幸いです。

下記 URL または二次元コードから
アンケートページへお入りください。
https://www.ozmall.co.jp/enquete/IndexTalkappi.aspx?id=2301

「絶対結婚しない」と言った天才脳外科医から溺愛プロポーズなんてありえません！

2025年5月10日　初版第1刷発行

著　者　滝井みらん

発行人　菊地修一

デザイン　カバー　アフターグロウ
　　　　　フォーマット　hive & co.,ltd.

校　正　株式会社鷗来堂

発行所　スターツ出版株式会社
〒104-0031
東京都中央区京橋1-3-1　八重洲口大栄ビル7F
TEL　03-6202-0386（出版マーケティンググループ）
TEL　050-5538-5679（書店様向けご注文専用ダイヤル）
URL　https://starts-pub.jp/

印刷所　株式会社DNP出版プロダクツ

Printed in Japan

ISBN 978-4-8137-1738-6　C0193

ベリーズ文庫 2025年5月発売

『「絶対結婚しない」と言った天才脳外科医から溺愛プロポーズなんてありえません!』滝井みらん・著

学生時代からずっと忘れずにいた先輩である脳外科医・司に再会した雪。もう二度と会えないかも…と思った雪は衝撃的な告白をする!　そこから恋人のような関係になるが、雪は彼が自分なんかに本気になるわけないと考えていた。ところが「俺はお前しか愛せない」と溺愛溢れる司の独占欲を刻み込まれて…!?

ISBN978-4-8137-1738-6／定価847円（本体770円＋税10%）

『愛の極～冷徹公安警察は愛なき結婚で激情が溢れ出す～【極上の悪い男シリーズ】』麻生ミカリ・著

父の顔を知らず、母とふたりで生きてきた瑛奈。そんな母が病に倒れ、頼ることになったのは極道の組長だった父親。母を助けるため、将来有望な組の男・翔と政略結婚させられて!?　心を押し殺して結婚したはずが、翔の甘く優しい一面に惹かれていく。しかし実は翔は、組を潰すために潜入中の公安警察で…!

ISBN978-4-8137-1739-3／定価814円（本体740円＋税10%）

『冷血CEOにバツイチの私が愛されるわけがない～偽りの関係のはずが独占愛を貫かれて～』未華空央・著

夫の浮気が原因で離婚した知花はある日、会社でも冷血無感情で有名なCEO・裕翔から呼び出される。彼からの突然の依頼は、縁談避けのための婚約者役!?　しかも知花の希望人事まで受け入れるようで…。知花は了承しニセの婚約者としての生活が始まるが、裕翔から向けられる視線は徐々に熱を帯びていき…!

ISBN978-4-8137-1740-9／定価814円（本体740円＋税10%）

『すれ違いだらけだった私たちが、最愛同士になれますか?～孤高のパイロットは不屈の溺愛でもう離さない～』蓮美ちま・著

美咲が帰宅すると、同棲している恋人が元カノを連れ込んでいた。ショックで逃げ出し、兄が住むマンションに向かうと8年前の恋人でパイロットの大翔と再会!　美咲の事情を知った大翔は一時的な同居を提案する。過去、一方的に別れを告げた美咲だが、一途な大翔の容赦ない溺愛猛攻に陥落寸前に…!?

ISBN978-4-8137-1741-6／定価814円（本体740円＋税10%）

『迎えにきた強面消防士は双子とママに溺愛がダダ漏れです』花木きな・著

桃花が働く洋菓子店にコワモテ男性が来店。彼は昔遭った事故で助けてくれた消防士・橙吾だった。やがて情熱的な交際に発展。しかし彼の婚約者を名乗る女性が現れ、実は御曹司である橙吾とは釣り合わないと迫られる。やむなく身を引くが妊娠が発覚…!　すると別れたはずの橙吾が現れ激愛に捕まって…!?

ISBN978-4-8137-1742-3／定価825円（本体750円＋税10%）

ベリーズ文庫 2025年5月発売

『冷酷元カレ救急医は契約婚という名の激愛で囲い込む』冬野まゆ・著

看護師の香苗。ある日参加した医療講習で救命救急医・拓也に再会！　彼は昔ある事情で別れを告げた忘れられない人だった。すると縁談に困っているという拓也から契約婚を提案され!?　ストーカー男に困っていた香苗は悩んだ末に了承。気まずい夫婦生活が始まるが、次第に拓也の滾る執愛が露わになって…!?

ISBN978-4-8137-1743-0／定価836円（本体760円＋税10%）

『元・最下位の妃、2度目の政略結婚で氷の冷酷王に嫁ぎます～「愛は望むな」と言われた出戻り王女が愛され妃になるまで～2』三沢ケイ・著

晴れて夫婦となったアリスとウィルフリッドは、甘くラブラブな新婚生活を送っていた。やがて愛息子・ジョシュアが生まれると、国では作物がとんでもなく豊作になったり小さい地震が起きたりと変化が起き始める。実はジョシュアは土の精霊の加護を受けていた！　愛されちびっこ王子が大活躍の第2巻！

ISBN978-4-8137-1744-7／定価814円（本体740円＋税10%）

ベリーズ文庫with 2025年5月発売

『途切れた恋のプロローグをもう一度』砂原雑音・著

看護師の燈子は高校時代の初恋相手で苦い思い出の相手でもあった薫と職場で再会する。家庭の事情で離れ離れになってしまったふたり。かつての甘酸っぱい気持ちが蘇る燈子だったが、薫はあの頃の印象とは違いクールでそっけない人物になっていて…。複雑な想いが交錯する、至高の両片思いラブストーリー！

ISBN978-4-8137-1745-4／定価836円（本体760円＋税10%）

ベリーズ文庫 2025年6月発売予定

Now Printing

『政略結婚した没落令嬢は、冷酷副社長の愛に気づかない』佐倉伊織（さくらいおり）・著

倒産寸前の家業を守るために冷酷と言われる直斗と政略結婚をした椿。互いの利益のためだったが、日頃自分をなじる家族と離れることができた椿は自由を手に入れて溌剌としていた。そんな椿を見る直斗の目は徐々に熱を帯びていき!?　はじめは戸惑う椿も、彼の溢れんばかりの愛には敵わず…！

ISBN978-4-8137-1750-8／予価814円（本体740円＋税10%）

Now Printing

『パイロット×ベビー【極上の悪い男シリーズ】』皐月（さつき）なおみ・著

ひとりで子育てをしていた元令嬢の和葉。ある日、和葉の家の没落直後に婚約破棄を告げた冷酷なパイロット・遼一に偶然再会する。彼の豹変ぶりに、愛し合った日々も全て偽りだと悟った和葉はもう関わりたくなかったのに――冷徹だけどなぜかピンチの時に現れる遼一。彼が冷たくするにはワケがあって…！

ISBN978-4-8137-1751-5／予価814円（本体740円＋税10%）

Now Printing

『クールな夫の心の内は、妻への愛で溢れてる』吉澤紗矢（よしざわさや）・著

羽菜は両親の薦めで無口な脳外科医・克樹と政略結婚をすることに。妻として懸命に努めるも冷えきった結婚生活が続く。ついに離婚を決意するが、直後、不慮の事故に遭ってしまう。目覚めると、克樹の心の声が聞こえるようになって!?　無愛想な彼の溺甘な本心を知り、ふたりの距離は急速に縮まって…！

ISBN978-4-8137-1752-2／予価814円（本体740円＋税10%）

Now Printing

『双子のパパは冷酷な検事～偽装の愛が真実に変わる時～』宝月（ほうづき）なごみ・著

過去が理由で検事が苦手な琴里。しかし、とあるきっかけで検事の鏡太郎と偽の婚約関係を結ぶことに。やがて両想いとなり結ばれるが、実は彼が琴里が検事を苦手になった原因かもしれないことが判明!?　彼と唯一の家族である弟を守るため身を引いた琴里だが、その時既に彼との子を身ごもっていて…。

ISBN978-4-8137-1753-9／予価814円（本体740円＋税10%）

Now Printing

『もう遠慮はしない～本性を隠した御曹司は離婚を切りだした妻を溺愛でつなぐ～』Yabe（やべ）・著

紗季は一年の交際の末、観光会社の社長・和也と晴れて挙式。しかしそこで、実は紗季の父の会社とのビジネスを狙った政略結婚だという話を耳に。動揺した紗季が悩んだ末に和也に別れを切り出すと、「三カ月で俺の愛を証明する」と宣言され！　いつもクールなはずの和也の予想外の溺愛猛攻が始まって…!?

ISBN 978-4-8137-1754-6／予価814円（本体740円＋税10%）

タイトル、価格等は変更になることがございますのでご了承ください。

ベリーズ文庫 2025年6月発売予定

Now Printing

『過保護な外交官』 立花実咲（たちばなみさき）・著

通訳として働く咲良はエリート外交官・恭平と交際中。真面目でカタブツな咲良を恭平は一途に愛し続けていたが、渡仏することが決まってしまう。恭平の母の思惑にはまって彼に別れを告げた直後に妊娠発覚！　数年後、ひとり内緒で娘を産み育てていた咲良の前に、今も変わらず愛に溢れた恭平が現れて…!?

ISBN978-4-8137-1755-3／予価814円（本体740円＋税10%）

ベリーズ文庫with 2025年6月発売予定

Now Printing

『頑固な私が退職する理由』 坂井志緒（さかいしお）・著

元・ぶりっこの愛華は5年前の失恋の時、先輩・青山をきっかけに心を入れ替えた会社員。紆余曲折を経て、青山とはいい感じの雰囲気…のはずなのに、なかなか一歩踏み出せずにいた。そんな中、愛華は家庭の事情で退職が決まり、さらに後輩が青山に急接近!?　面倒な恋心を抱えたふたりのドタバタラブ！

ISBN978-4-8137-1757-7／予価814円（本体740円＋税10%）

Now Printing

『大好きな君と、初恋の続きを』 葉月（はづき）りゅう・著

華やかな姉と比べられ、劣等感を抱きながら生きてきた香瑚。どうせ自分は主人公にはなれないと諦めていた頃、高校の同級性・青羽と再会する。苦い初恋の相手だったはずの彼と過ごすうち、燻り続けた恋心が動き出すが香瑚はどうしても一歩踏み出せない。そんな時、8年前の青羽の本心を知って――!?

ISBN978-4-8137-1758-4／予価814円（本体740円＋税10%）

タイトル、価格等は変更になることがございますのでご了承ください。